HENDAYA

MARCOS EYMAR

HENDAYA

OCEANO　HOTEL DE LAS LETRAS

Editor de la colección: Martín Solares
Diseño de portada: Éramos Tantos

HENDAYA

© 2012, 2013, Marcos Eymar

D. R. © Editorial Océano de México, S.A. de C.V.
Blvd. Manuel Ávila Camacho 76, piso 10
Col. Lomas de Chapultepec
Miguel Hidalgo, C.P. 11000, México, D.F.
Tel. (55) 9178 5100 • info@oceano.com.mx

Primera edición: 2013

ISBN: 978-607-400-980-4
Depósito legal: B-7375-LVI

Hecho en México / Impreso en España
Made in Mexico / Printed in Spain

9003557010313

¿Cómo cruzar la frontera cuando uno la lleva dentro?
ADAM KOVACEVIC, *Contraespacios*

I

DE UN MOMENTO A OTRO ENTRARÁN POR ESA PUERTA y empezarán a hacer preguntas. No sabes cuál será su aspecto, ni qué idioma hablarán, pero sí sabes que es demasiado tarde para intentar la huida. Has llegado al final del camino. El lugar en sí mismo no tiene nada de especial. Carteles de mujeres medio desnudas, suelos sucios, luz de fluorescentes: resulta exactamente tan triste como cualquier bar de carretera en plena madrugada. Y, sin embargo, no hay duda: es aquí donde termina la historia.

Serán dos, o tres; un grupo pequeño en todo caso. Avanzarán relajados, convencidos de tu sumisión, como una pandilla de amigos que se dispone a beber la última copa. No tendrán que buscar mucho: eres el único cliente del local. Quizás te equivoques, pero estás seguro de que no te llevarán con ellos en el acto. Con un gesto firme te harán acompañarlos a una mesa del fondo. Puede que incluso inviten a otra ronda.

—Los hay con suerte y los hay como tú –dirán–. En cuanto salgamos contigo de aquí, vas a convertirte en el asesino más jodido de la Tierra. La verdad no importará un carajo; pregúntaselo si no a los abogados y a los periodistas. Ahora, que si quieres contárnosla, adelante. Tenemos todavía un rato. A nosotros puede servirnos de algo y a ti, no sé. Dicen que a veces alivia sacársela de encima.

La verdad. ¿Por qué no? Llevabas años sin escuchar esa palabra. Mientras intentas olvidar el dolor en el hombro y pides otro brandy *Veterano*, te preguntas por dónde empezar el relato que ellos querrán oír. Te viene a la memoria una tarde de hace más o menos dos meses. Un veinte de octubre, por ejemplo. Un comienzo como cualquier otro. Un hombre de mediana edad, alopécico y con zapatos nuevos, arrastra una pesada maleta azul por la sala de los pasos perdidos de la Gare d'Austerlitz. Pasos perdidos. A pasos contados. ¿Los pasos también se pierden en español o sólo se cuentan? No estás seguro, pero a ellos les traerá sin cuidado que no sepas hablar tu lengua materna. Querrán saber enseguida qué contiene la maleta. Y el protagonista de tu relato no lo sabe. Sólo siente que le cuesta moverla, que el cuero del asa se hunde cada vez más en sus palmas sudorosas. Diría que pesa más que nunca, aunque se trata sólo de una ilusión: todas las semanas le asalta la misma sospecha. El no saber qué hay dentro la vuelve más pesada.

Ellos insistirán. Tú dirás un dato que probablemente no será creído: el hombre la recogió minutos antes en un almacén del Quai de la Gare. La cita fue convenida por teléfono. Desde que empezó el trabajo, hace tres semanas, la entrega siempre ha sido en lugares diferentes. El sudamericano tatuado que se la dio era un perfecto desconocido y no intercambió con él ni una sola palabra. La maleta lleva un candado, y aun de no llevarlo, él no la habría abierto: hace mucho que ha renunciado a la curiosidad.

Su misión, les explicarás, no es difícil. Se trata simplemente de pasar desapercibido, de convertirse en un viajero más de los cientos que llenan los andenes. Siempre se le ha dado bien ser insignificante, pero ahora que se ha vuelto un deber, tiene la impresión de que todo el mundo le observa. La quiosquera, los hombres de negocios y los niños le lanzan miradas furtivas, como si supieran de antemano que no es más que un actor. Y, sin embargo, no actúa. No del todo. Su tren sale a las siete y cuarto de la tarde, con una destinación –¿destinación o destino?– que gira a toda velocidad en el gran panel de salidas. ¿No es suficiente?

Los ojos en la estación le responden que no. Nervioso, decide refugiarse en el baño de los minusválidos. Siempre los ha preferido. Están más limpios, son más cómodos y espaciosos. Sentado en la taza del váter, lee las inscripciones obscenas de las paredes. *Bite, chatte, fils de pute.* Polla, coño, hijo de puta. Esas palabras le parecen cálidas, protectoras. No por nada son las primeras que se aprenden en un idioma. Hay también *mails* y números de teléfono acompañados de crudos ofrecimientos. ¿Cómo será la vida sexual de los minusválidos?

Ante ellos no podrás permitirte estas divagaciones. Al grano, advertirán, no tenemos todo el día. Por difícil que resulte, deberás ceñirte a los hechos. El hombre sale de los lavabos sin haberse lavado las manos ni mirado en el espejo. Bajo el gran techo de la estación vuelan repugnantes palomas de plumas verdes, con destellos de mosca carroñera, y patas convertidas en muñones por efecto de sus propias cagadas corrosivas. Avanza por el andén donde se despiden los novios. Se mira en las ventanillas tintadas del tren-hotel *Francisco de Goya* y se imagina un agente secreto con más pelo y varios kilos de menos, borroso, casi interesante bajo el disfraz de paisano. Al llegar a la puerta de su coche, vuelve la vista atrás: nadie le sigue. Sus palmas son un puro mar de sudor cuando enseña el billete y el carné de identidad francés con ese nombre sin eñe en el que nunca ha creído: Jacques Munoz.

—Buen viaje —dice el revisor.

A pesar de que cada día procura reservar en un coche distinto, los empleados del tren han empezado a conocerle. En su tono de familiaridad intuye una amenaza. Mientras trata de hacer avanzar la maleta por el estrecho pasillo se topa con un gigante vestido de negro. Esa cabellera entrecana y esas enormes orejas ya las ha visto antes. El hecho aumenta su inquietud. Entra en el compartimento y, entre jadeos, intenta meter el maletón en el portaequipajes encima de las literas. Al fin consigue su objetivo, se restriega las manos contra el pantalón y bebe de la botellita de agua que la compañía ferroviaria regala a los viajeros. La maleta, en lo alto, parece haber engordado. Traga saliva y sale al pasillo. Mira a los dos lados. El gigante de negro ha desaparecido.

Algo más tranquilo, Jacques —así deberás llamarlo a lo largo de toda la historia, aunque ese nombre siga sonando falso en tu boca— vuelve a su asiento junto a la ventana y se pone a imaginar a sus compañeros de viaje. ¿Un parisino estudiante de flamenco? ¿Un cura rumbo a un congreso de teología? ¿Un ejecutivo con miedo a volar? Desde que el avión es más barato, el tren sólo lo cogen los viejos y los neuróticos. Está lamentándose una vez más de que los compartimentos no sean mixtos, cuando aparece por la puerta un joven melenudo con una camiseta negra y violenta.

Lo cierto es que tú ahora no recuerdas si esa noche el compañero de Jacques fue el músico *hippie* que quiso fumarse un porro en el compartimento, o aquel viejo gagá que se pasó el trayecto hablando solo. Qué más daría. Qué más da. Con tanto viaje las caras acaban confundiéndose, como los tiempos verbales. A tus interrogadores les dará igual que sea uno u otro. No estaban ahí para saber si mientes. El joven saluda, sube la mochila, toma asiento enfrente. Se pone a ojear *Odisea*, la ilegible revista de RENFE, a buscar algo en sus bolsillos, resistiéndose en vano a la necesidad de romper el silencio.

Por los altavoces anuncian la salida inminente del tren.

—¿Estamos solos? –pregunta al fin el joven.

—Se montarán luego –responde Jacques.

—¿Hace muchas paradas antes de Madrid ?

—Blois, Poitiers, Hendaya, Vitoria, Burgos, Valladolid.

El desconocido le mira con curiosidad.

—¿Lo coge usted mucho?

—Bastante. Viajo todo el tiempo.

A lo largo de esos trayectos en tren Jacques ha sido corredor de bolsa, obrero, ajedrecista, agente de seguros. Empezó a inventarse vidas por precaución y luego, casi sin darse cuenta, por puro placer.

—Soy exterminador de palomas –dice.

El tren se pone en marcha con una breve sacudida, como si se hubiera desatado de la realidad con un gesto brusco. Por un instante parece dudar si emprender el viaje, y el cuerpo se ve arrastrado al vértigo de su indecisión. Enseguida no hay ya vuelta atrás. Los letreros, los hangares, los postes, los aparcamientos y las fábricas se suceden a la misma velocidad que las palabras:

—Vengo de Berlín. Ahora voy a Madrid. En todas partes el mismo problema. Las ciudades no saben qué hacer. Las palomas ensucian todo, destruyen los monumentos. Mi empresa ha inventado un veneno muy eficaz. ¿Conoce usted la situación en España...?

No deberías tener miedo. Tu mano no debería temblar así al apurar el brandy. Jacques ha improvisado decenas de relatos para desconocidos. Lo mismo deberás hacer tú cuando tus interrogadores aparezcan por la puerta. Poco importa que entonces el tren se haya detenido desde hace tiempo en su estación de destino y que la historia que tengas que inventar sea la última, la tuya.

II

QUERRÁN SABER CÓMO JACQUES SE METIÓ EN ESTO. Es lógico. También a él la pregunta le asalta a menudo, sobre todo en las noches que pasa en el tren. Suele dormir bien en las estrechas literas, a menos de que alguno de sus compañeros de compartimento ronque demasiado, o transporte uno de esos pestilentes quesos franceses que, como los jazmines o las higueras, huelen más de noche. No obstante, siempre se despierta al llegar a la frontera. El *Francisco de Goya* tiene entonces que ajustar sus ruedas al ancho de la vía española, y un ligero temblor sacude durante unos instantes las camas. Abre los ojos a la oscuridad, agujereada por las luces de la estación. El traqueteo del tren hace tartamudear al tiempo. Con un estremecimiento de incredulidad se dice que sigue soñando, que no es posible que esté en Hendaya.

Hendaya: toda la historia de Jacques gira en torno a ese lugar que sólo ha visitado en sueños. Para explicárselo a tus interrogadores, deberías volver muy atrás, antes incluso de que él naciera. Pero no te atreves. Todavía no. Recordar duele: en vez de medio siglo, retrocederás cinco meses, hasta esa sofocante tarde de mayo en un tanatorio a las afueras de París.

Ves con claridad la escena: Jacques está sentado en un sillón de *sky* marrón, con la vista fija en unas flores de plástico. Lleva el traje de los domingos. Luce la raya a la derecha. Se ha cortado las uñas. No van a darle un premio al mejor empleado de correos del mes. Tampoco va a casarse. Al otro lado del cristal esmerilado su madre yace tranquila, con el vello de la barbilla rasurado y las irisaciones moradas del rostro matadas con polvo corrector verde.

No será cosa de dar muchos detalles. Quien más, quien menos, ya ha estado en un cuarto así, parecido a la sala de espera de un dentista, con vistas al aparcamiento y minibar sin bebidas alcohólicas. Mientras observa la acuarela en la pared de enfrente, Jacques tiene la sensación de que en todos los lugares del mundo debe de haber una habitación idéntica, de que en ese momento millones de familiares han de imaginar la cara de un pariente muerto sobre el mismo paisaje alpino de colores dulzones.

La de su madre nunca tuvo nada de especial, les asegurarás. Una vez, en el colegio, una niña le preguntó si su mamá era guapa o fea y Jacques no supo responder. Los hombres solían ignorarle el rostro y hablarle directamente a sus ciento diez de pecho. Al otro lado de los cristales esmerilados la muerte no ha hecho más que acentuar la división: de hombros para arriba, la máscara repelente de una criada alcohólica; de hombros para abajo, un cuerpo dormido, todavía de buen ver. Del conjunto se desprende un tenue olor a desinfectante, como si su madre, antes de marcharse para siempre, hubiera decidido acometer la limpieza definitiva. Todo en la salita reluce, inhumanamente brillante. Como los chorros del oro, añadirás, echando mano de una de las últimas expresiones aprendidas en el cuaderno de ejercicios.

Hasta entonces el velatorio ha sido tranquilo. En dos horas sólo una antigua compañera de trabajo portuguesa y una monja del asilo donde pasó los últimos años. Cansado, Jacques entrecierra los ojos. Alguna familia debe de haber contratado los servicios de la orquesta de cámara, porque sobre el hilo musical se superpone de pronto otra melodía más viva, parecida a la que, a veces, venida de quién sabe dónde, creerá escuchar en el compartimento del tren. De la capilla multiconfesional vecina llega también el runrún de una plegaria a algún dios mudo. Jacques presiente la amenaza del sopor y coge una de las revistas encima de la mesa. En las páginas interiores se anuncia una prestación novedosa, un diamante creado a partir del carbono de cabellos discretamente extraídos de la nuca del ser querido. El resultado, lee, en tallas brillante, princesa o radiante, es un símbolo de vida con un valor emocional único que asegura la transmisión de la memoria de generación en generación.

De pronto un tumulto de voces inunda el pasillo. La puerta se abre e irrumpen en la sala cinco desconocidos. Jacques observa con sorpresa sus rostros renegridos, atravesados por esas profundas arrugas de campesinos que son como un reflejo de la tierra labrada.

—¿Jacobito?

Antes de que pueda reaccionar, la mujer le agarra un moflete y, con la otra mano, le revuelve el poco pelo que le queda entre gritos y suspiros.

—¡Ay, Virgen Santa! Si cuando te vi no eras más que un mocoso que tenía miedo de las novillejas. ¡Qué barbaridad! ¡Cómo pasa el tiempo! Si me pinchan no sangro, palabra. No me digas que no te acuerdas de la tía Obdulia, la que te preparó esas migas tan ricas el día de San Pantaleón…

Confusamente acuden a su memoria vestigios de su única y breve visita a Malpartida de la Vega, el pueblo natal de su madre, hace casi cuarenta años. El olor del establo; los hocicos de los conejos; dos cerdos copulando: los animales resisten mejor al olvido que esas caras malbaratadas por la vida.

—Yo no sabo... Yo creo que ustedes arribáis mañana...

Después de tanto tiempo sin hablarlo, su español no es más que una bochornosa algarabía de turista. Aun así, Obdulia parece entender:

—Al final el hijo de la Victoria nos encontró un vuelo por el *internés*. Cogimos el avión en Madrid esta misma mañana. ¡Hay que ver cómo corren esos bichos! Bueno, mira, aquí están mis hermanas con sus respectivos: Puri, Lorenza, Manolo, Victorino.

Después de las presentaciones, los conduce a la salita contigua, donde se halla expuesto el cadáver de su madre. Las tres hermanas se persignan al unísono y rodean a la muerta con sus gemidos. Qué desgracia más grande. Prenda de mi alma. Que Dios te tenga en su seno. Entretanto, uno de los maridos observa los coches del aparcamiento, y otro golpea con los nudillos la madera del ataúd, como para calibrar su calidad.

—¿Y el Cristo? –pregunta de pronto Obdulia.

Jacques empieza a chapurrear una explicación sobre el laicismo que la hermana no tarda en interrumpir:

—Mira, hijo: yo es que soy muy paleta y a mí esas filosofías me suenan a chino. Lo que yo digo es que un velorio sin un Cristo es como un jardín sin flores. ¡Pues anda que no era beata tu madre cuando vivía allá en el pueblo! Vamos, que no es pedir la luna, que un crucifijo lo encuentras en cualquier sitio decente. Nunca se sabe, a ver si por un quítame allá esas pajas le jorobas la salvación.

Unos minutos después, Jacques se dirige a la recepción en compañía de Victorino. El empleado del tanatorio busca en los cajones del mostrador, pero no encuentra nada. Los lleva entonces a un sótano donde se acumulan tapas de ataúdes, productos de limpieza, coronas de flores. Después de mucho rebuscar, da con una pobre cruz de madera.

—No tiene figurita, *ça ira?*

De camino al velatorio, Victorino se detiene en los servicios. Mientras se sacude interminablemente las gotas frente al urinario, le hace un par de comentarios pícaros sobre las parisinas. Cuando entran de nuevo en la salita, Jacques nota el nuevo olor a sudor y tierra. Nadie se atreve a levantarle las manos al cadáver y le ponen la cruz sobre el regazo, casi a la altura del sexo.

—Así está mejor la infeliz, con el Señor cerquita.

—Hasta parece dormida.

—Hay que ver lo que se parece a mamá. Si no lo veo, no lo creo.

—Sufrió tanto como ella, la desdichada. Mira que le dije y le redije que volviera pa' casa, que eso del extranjero era muy achuchao. Pues nada, ella tan cabezota como siempre, erre que erre. Y mira, al final pasa lo que pasa…

Las voces cargan el aire como un tabaco fuerte. Hipnotizado, Jacques descubre en lo más profundo de sí mismo los ecos de palabras que creía desconocer, como si el español fuera a resucitar ante el cadáver de su madre. Ella siempre hizo cuanto pudo para alejarlo de su lengua materna, les explicarás. Quería que fuese un francés puro, no un "mezclao". Día tras día le hablaba en ese idioma extranjero, con su horrible acento de vaca española. Cuando venía alguna compatriota a visitarla, encontraba siempre una excusa para castigarlo en su cuarto. Con el oído pegado contra la puerta roja, Jacques se esforzaba por descifrar el rumor de la lengua prohibida. Al distinguir una palabra, la repetía una y otra vez para sus adentros, con la esperanza de no olvidarla nunca. "Quipás", "asímelo", "esqueno": todavía recordaba algunas de esas palabras robadas que nunca encontró en un diccionario.

Las monjas decían que en el asilo la fobia de su madre se había agravado. Que cuando por casualidad oía una frase en español, se tapaba los oídos y se ponía a temblar. Jacques no iba a visitarla casi nunca –estaba lejos, había que cambiar dos veces de metro, los pasillos olían a orina y puré de guisantes–, así es que no podía saber con seguridad si las monjas exageraban. En todo caso, su madre ya no se defiende. Sus manos lívidas están plácidamente cruzadas en su regazo. Con los ojos cerrados, escucha con atención las frases que tejen a su alrededor un último sudario. Que le quiten lo bailao, nunca se volvió a casar la muy orgullosa, más vale sola que mal acompañada, era muy suya. Como una marea de insectos, las palabras entran por la espiral de cera de sus pequeñas orejas; la lengua materna reclama ese cuerpo igual que el olvido o la incineradora.

En realidad, nunca había dejado de pertenecerle. El francés era sólo una máscara, desfigurada por constantes faltas gramaticales. A la hora de la verdad, cuando la echaban de una casa, o Jacques le entregaba el boletín de notas, surgía violento el español. Cría cuervos, mal rayo te parta, que Dios nos coja confesados. El sonido áspero de esas exclamaciones era una puerta abierta a un lugar secreto al que

Jacques nunca había tenido acceso. Una vez pasada la fascinación de la niñez, la desidia, agravada por un ligero tartamudeo, le habían hecho renunciar por completo al español. ¿Por qué entonces, al cabo de tanto tiempo, le afectaba de esa forma el idioma medio incomprensible de unos familiares a los que ni siquiera recordaba?

Quizás tus interrogadores sepan darte una respuesta. Puede que comprendan mejor que tú mismo por qué, después de la incineración y la partida de sus tías al día siguiente, el mundo le pareció a Jacques tan vacío, como si la ausencia de una chacha alcohólica y demente hubiera podido convertirlo en un puro desagüe. Mientras encargas otro vaso de *Veterano* y acaricias el bulto metálico en tu bolsillo, el presente nítido de la escena del velatorio deja paso en tu cabeza a un tiempo mucho más confuso, parecido a esos vómitos en el pasillo que, a veces, al regresar de la escuela, le anunciaban que su madre ya estaba en casa.

Jacques, les confesarás, se puso a consumir el mismo matarratas que ella solía esconder en el bolso y beber en la soledad de los apartamentos ajenos. Sin ningún esfuerzo, dejó de ir a su trabajo en correos. El teléfono sonó un par de veces, pero él no contestó. Sólo las empresas de pompas fúnebres lo echaron de menos y siguieron enviándole propaganda, como si se resistiesen a creer que su madre estuviera ya muerta e incinerada. Cuando, tres semanas después, le llegó la carta de despido, Jacques la tiró directamente a la basura, entre anuncios de pizza y de urnas funerarias.

Los días se volvieron interminables. En cada hora cabía no sólo su vida absurda, sino también las otras que no había vivido, las mujeres que no había conocido, los hijos que había dejado escapar en cuartos alquilados y hoteles de una estrella. Jacques registró los armarios y cajones del minúsculo piso de su madre con la esperanza de encontrar alguna foto, alguna carta, pero no halló nada. Los recuerdos parecían formar parte de la suciedad que ella había combatido durante toda su carrera de asistenta.

Casi sin darse cuenta fue renunciando al francés. Los monosílabos dirigidos a las cajeras del supermercado se convirtieron en las únicas frases que pronunciaba a lo largo del día. Luego descubrió que también podía prescindir de ellos. Pasó semanas enteras en un estado de absoluta mudez, sintiendo la saliva en la boca como una espuma de palabras abortadas. Cuando la soledad amenazaba con irle a estallar la cabeza, corría a ver pasar los cargueros por el Sena. A la vuelta de una de esas excursiones, en uno de los puestos de libros que bordean el río, encontró un viejo método de español del año setenta y cinco. Comprarlo fue un gesto más, igual que encender la televisión o masturbarse, realizado en la desgana de una pesadilla sin grito. Esa misma noche, con la cabeza empapada de alcohol, puso la cinta en el radiocasete:

—Lección cuarta, capítulo primero. En la barbería. Repita conmigo. No me afeite a contrapelo, por favor.

Le costó reconocer en esa voz impersonal el idioma ardiente con que sus tías habían llorado la muerte de su madre. El protagonista de las cintas y del libro que las acompañaba se llamaba Jean-Pierre, un sonriente hombre de negocios con residencia en Versalles, quien, por razones profesionales, se veía obligado a instalarse en España y aprender "la armoniosa lengua de Cervantes". Jean-Pierre tenía todo lo que a Jacques le faltaba: una mujer, dos hijos, una pronunciación impecable. Durante dos meses, entre trago y trago,

Jacques lo siguió obsesivamente de la barbería al hipódromo, y del hipódromo a la ópera. Aprendió con él la diferencia entre "ser vivo" y "estar vivo", los peligros de falsos amigos como "batir", "salir" o "bigote". Era una tarea ingrata, que el alcohol dificultaba aún más. Al caer la noche, su boca solía estar tan pastosa que le resultaba imposible articular las frases que le proponía el casete. "¿Tendría la bondad de mostrarme algún juguete instructivo?", "Lo lamento profundamente, sólo dispongo de butacas de platea": ¿cuántas veces repitió en vano oraciones como aquellas, tirado en el sofá entre latas de cerveza?

La ausencia del librito con las soluciones tampoco facilitaba la tarea. "Mi padre _____ muchas veces cuando yo lo _____: 'Nunca _____ esta boca es _____'." Por más empeño que ponía, Jacques no lograba llenar esos espacios en blanco. El español le parecía entonces tan irrecuperable como la vida de su madre.

A pesar de todo, siguió adelante con una disciplina que nunca antes había tenido. No sabrías decirles qué es lo que buscaba con ese aprendizaje desesperado. Sólo podrás contarles cómo, a veces, en medio de la lengua disecada de los casetes, una palabra o una expresión –"abuelita", "coscorrón", "de pascuas a ramos"– se cargaba de un pasado que creía abolido, de un pasado sin recuerdos, luminoso y, sobre todo, sólido, más sólido que el mundo de sombras que le rodeaba, lo suficiente, en todo caso, para ofrecerle el espejismo de un asidero en un total naufragio.

Aquel esfuerzo autodidacta duró de junio a agosto. Estás seguro porque, a finales de julio, empezó la peor ola de calor que se recordaba en décadas. El aire era un puñetazo, una mala resaca en el infierno. El sol se derretía en un horizonte rojo fin del mundo. La vecina de enfrente se paseaba medio desnuda por su piso y el semen parecía casi fresco en el dorso de la mano. Cuando Jacques se despertaba, a cualquier hora del día o de la noche, el calor estaba siempre junto a él, una compañía obstinada, casi consoladora, como la de un perro.

En la cara B del último casete la cinta magnética había empezado ya a engordar la segunda bobina. Jean-Pierre había visitado el Prado, descubierto el subjuntivo y el flamenco, saboreado una paella en compañía de sus amigos Pilar y Manolo. Cuando terminara el método, Jacques sabía que ningún otro compromiso pendiente lo defendería de la tentación que, igual que una prostituta sin rostro, se le ofrecía en el vacío de los puentes y los andenes del metro.

Entonces intervino el viejo de arriba. Desde hacía unos días Jacques había notado un olor desagradable que atribuyó a un resto de comida pudriéndose en algún rincón de la casa. Al anochecer aparecieron los bomberos y, a los pocos minutos, bajaron el cadáver del vecino en una camilla. El tufo de la carne descompuesta quedó flotando en el rellano durante varias horas. Jacques comprendió que el final rápido e indoloro que se había imaginado se parecía tan poco a la verdadera agonía como los risueños personajes del método a los hombres de carne y hueso. Mejor malvivir que malmorir, pensó. Sin esas vaharadas todavía frescas en la memoria es muy probable que no hubiera contestado al teléfono la mañana siguiente.

—¿Jacques?

Aquella voz al otro lado de la línea desencadenó en él un terremoto al revés: en un instante volvieron a levantarse paisajes pulverizados, edificios caídos, caras sepultadas. La avalancha de recuerdos sólo le dejó comprender pedazos del monólogo que siguió:

—Pésame… enterado por casualidad… Me habría gustado estar ahí, verdaderamente… Debías habérmelo dicho… Yo amaba bien a tu madre… Y a ti también, Jacques… Los enfados se van, el cariño no… Tanto tiempo… No pareces en forma… Si necesitas algo, no importa qué cosa… ayuda… trabajo… Me haría placer echarte una mano… antes de ir acompañarla… que en paz descanse.

Una segunda oportunidad. Aquella idea, absurda hasta entonces, cobró vida en los días que siguieron a esa conversación. Un optimista –¿lo serán ellos?– diría que se salvó, aunque tú ahora, mientras tratas de olvidar el dolor en tus músculos y apuras otro trago de brandy en este sórdido bar de carretera, sabes que la vida no regala nada, que tarde o temprano hay que devolverle con intereses los préstamos que financia con las desgracias de otros. En alguna ocasión el viejo de arriba también debió de creerse salvado. Años después saldaba su deuda con soledad y muerte.

Recuerdas exactamente la mañana en que Jacques decidió aceptar el crédito que le ofrecía el destino. Por primera vez en semanas, la brisa preñaba los visillos del salón. Abrió la ventana y se asomó al diminuto balcón. En ese momento, le llegó de la calle la música de un organillo, accionado por un cazaturistas con bonete. *"C'est payé, balayé, oublié/ Je m'en fous du passé / Avec mes souvenirs / J'ai allumé le feu…"* La trampa se cerró. *Non, je ne regrette rien:* aquella melodía de otra época lo arrastró a un pasado que no era el suyo. Habría debido escucharla de niño, los domingos, yendo de paseo con sus padres en otra ciudad; o de joven, desde un ático, después de haber hecho el amor con la mujer de su vida a la que nunca conoció. Muchas veces Jacques había sentido que en cada uno de sus actos planeaba la sombra de un extraño. Desde pequeño le había gustado hacerse pasar por otro, fingir que era sólo el hermano o un amigo de Jacques. "Ha salido", "Está de viaje", les decía a las visitas cuando preguntaban por él. Ese día, asomado al balcón, se le reveló con más claridad que nunca el abismo que separaba a quien era de quien debería haber sido.

Tratarás de explicárselo con tus propias palabras. Bien mirado, las causas no importan tanto como el resultado. Esa noche Jean-Pierre, sin perder su inalterable sonrisa, rodeado de su familia de un rubio escrupuloso, se despidió de sus amigos españoles: "Me llevo una impresión imborrable de España y sus gentes. Espero acogeros muy pronto en mi hermoso país…". Cuando Jacques terminó la última lección del método, la decisión ya estaba tomada. No tenía nada que perder ni, creía, otro fondo que tocar. Incluso la voz frígida del casete le animaba a probar suerte:

—¡Enhorabuena! Por haber afrontado con éxito las dificultades de la lengua, por su tenacidad, por su perseverancia; en una palabra: por el trabajo realizado. Pero… ¿y ahora? Ahora, se trata de mantener el contacto. No dude en echarse al ruedo y coger al toro por los cuernos…

Ante un callejón sin salida sólo queda el suicidio o el regreso: en contra de la ley del mínimo esfuerzo, Jacques escogió la segunda opción.

III

FUE ASÍ COMO EMPEZÓ TODO. FUE ASÍ COMO JACQUES empezó a llegar aquí. Hay lugares a los que siempre se sabe volver, les asegurarás. Después de tanto tiempo, Jacques no habría podido reconocer ni una sola de las calles sucias e intercambiables de aquel barrio de las afueras, y, sin embargo, nada más salir del metro de Porte de Clignancourt, sus pies se pusieron en marcha, husmeando un rastro que la lluvia de treinta años no había borrado, arrastrándole a través de un laberinto de almacenes, descampados y locutorios hasta el nombre agujereado que agonizaba en un toldo color burdeos machacado por la intemperie: *Pa ria erida*. Los jugadores de mus. Los carteles de corridas de toros. El ajedrezado del suelo con los huesos de aceituna y los mondadientes como únicos peones. Todo seguía igual, se dijo Jacques, hasta que su propio reflejo en el espejo de revoltón le hizo comprender que en realidad todo había cambiado, sólo que al mismo ritmo que su cuerpo. Las grietas en el techo y las arrugas; la madera desgastada y el cráneo medio pelado: era como si su carne y el *Patria Querida* hubieran sellado un indestructible abrazo de borracho durante las horas de aburrimiento de la infancia.

Una mulata pechugona, como le gustaban al patrón, atendía en la barra a tres viejos, emigrantes españoles de los años sesenta. Jacques se quedó mirándole el escote, sintiendo cómo se le apretaba en el estómago un nudo de saliva. Así debían de ser las miradas que sentía pegadas al cuerpo de su madre cuando trabajaba allí de camarera, volando pegajosas y humillantes en el aire cargado de humo, de risotadas, de salpicaduras de cerveza, demasiado por encima de su cabeza de niño como para poder interceptarlas.

—¿Te recuerdas del Sebas?

—¿También es muerto él?

—¡Qué va! Se ha comprado una vilá en la Andalucía. Economizó toda su vida y ahora quiere profitar...

Jacques hizo un esfuerzo por no escuchar ese idioma bastardo que amenazaba los progresos gramaticales de los últimos meses. Cogió la cerveza que le sirvió la mulata y se sentó en un rincón, cerca de la mesa donde una mujer de negro pelaba patatas. Durante un rato se quedó observando hipnotizado el baile de los dedos y las mondas que caían silenciosamente sobre el cuenco azul. La mujer acabó sintiendo el peso de su mirada y levantó hacia él unos ojos descoloridos. Jacques sintió que el vértigo le subía a la garganta.

—¡Amelia!

La mujer no pareció oírle. Cuando acabó su tarea, agarró la piel de las patatas y se puso a componer sobre la mesa las letras de un alfabeto desconocido.

—Está muda y medio loca —dijo la mulata mientras limpiaba la mesa de al lado—. La operaron de la garganta y así se quedó. ¿Quiere algo?

—Busco a Eusebio.

—Ahora mismito anda reunido. No creo que se demore mucho.

Jacques se quedó observando al fantasma de Amelia, tratando de resucitar a la amiga rolliza y pelirroja de su madre, la que nunca olvidaba traerle al niño rosquillas y polvorones del almacén, la que solía asustarle con historias de miedo de su tierra que él sólo entendía a medias. "Ahora que vamos despacio / vamos a contar mentiras / por el mar corren las liebres / por el bosque las sardinas..." ¿Cómo era la voz que le había tarareado por primera vez esa canción y hablado del olivar donde cada aceituna era el alma de un muerto? ¿Ronca? ¿Aguda? ¿Arrulladora? Jacques no lograba recordarlo, y la idea de que esa voz se había perdido para siempre materializó de golpe todo el horror del tiempo.

Un hombre tripudo y malencarado, con el rostro acribillado de forúnculos, salió por la puerta esmerilada al fondo del bar. Unos instantes después la mulata le anunció que podía pasar. Después de despedirse de Amelia con la mirada, Jacques enfiló el mismo pasillo por el que su madre solía deslizarse cuando creía que él dormía y del que solía regresar diez minutos después, con las mejillas enrojecidas y la ropa revuelta.

Barriles de cerveza. Carteles con fotos de cantantes folclóricas olvidadas: Cari Pérez, Pepa Tronío, la Araceli. A medida que avanzaba en la penumbra, el aire se espesaba con olores de conserva. Al llegar junto a la segunda puerta a la derecha, sintió una punzada en el estómago. Su mano se detuvo a escasos centímetros del picaporte. De alguna manera comprendió ya entonces que el gesto de abrir esa puerta sería decisivo.

La habitación estaba atestada de grandes cajas que parecían contener no sólo mejillones, pimientos de piquillo y botes de fabada, sino también porciones enteras del pasado.

En medio de la confusión, a la sombra de las patas de jamón ibérico colgadas del techo, como si se preparara para la última mudanza, se hallaba Eusebio en una silla de ruedas. Jacques no pudo evitar preguntarse dónde se la habría tirado aquel hombre, el jodedor de su madre, lo más parecido a un padre que había tenido nunca.

—¡Ay, muchacho! –exclamó al verlo–. ¡Cuánto tiempo! ¡*Nous voilà*, tú ya casi viejo y yo ya casi muerto!

Había engordado aún más; su carne desbordaba la silla de ruedas, inflado de grasa y recuerdos. Levantó con trabajo el brazo derecho, descubriendo un rolex de oro. Mientras estrechaba esa mano inerte –extraño contraste con la energía de su voz–, Jacques recordó que había quien decía que el viejo, en realidad, estaba podrido de dinero.

—No sabes cómo regreto lo de tu madre, Jacques. Debiste prevenirme. Era una buena persona y una hembra excelente. No restamos muchos ya. Tu madre muerta, la Amelia muda, y yo ya me ves. Los otros rentran a España apenas agarran la retreta. Bien pronto no habrá más que tú de los buenos viejos tiempos.

Al igual que tantos emigrantes que han pasado la mayor parte de su vida en el extranjero, Eusebio maltrataba sin piedad su lengua materna. Jacques se fijó en la capa de polvo que cubría una enorme lata de berberechos Riancheira, en la mujer en *topless* que decoraba la manta con la cual se arropaba el viejo. La pared del fondo estaba tapizada con viejas alineaciones del Real Madrid. De un año a otro cambiaban las caras, los peinados, el diseño de los uniformes, pero, a pesar de ello, los futbolistas parecían siempre los mismos. Si uno empezaba por el final, tenía la impresión de que se trataba de una única foto de familia que se hubiera ido desliendo con los años, perdiendo poco a poco los colores hasta adentrarse en la lejanía del blanco y negro y convertirse en el insignificante recuerdo de unos parientes muertos. La perspectiva de convertirse en el último testigo de aquel mundo desahuciado se le antojó repulsiva.

—¿Cúanto hace? ¿Veinte? ¿Treinta años? –preguntó Eusebio–. Con el tiempo y las mujeres, no sirve a nada llevar la cuenta. Yo me recuerdo de ti cuando eras un crío. Todo el día andabas en un rincón, enfadado, diciendo a todo el mundo que tú no te llamabas Jacques. A los niños no hay quien los comprenda. A tu madre, que en paz descanse, no le gustaba traerte *chez nous*. Que éramos mala compañía, decía. Que tú tenías que ser como los franceses. Tampoco le gustaba dejarte solo en casa. *Sacré caractère*, tu madre. Yo te he visto crecer, Jacques. Nunca tuve un hijo.

Una sonrisa reblandeció su rostro todavía rosado. No lo recordaba tan sentimental, pensó Jacques. No lo fue, desde luego, cuando despidió a su madre por haberse acostado con un cliente, como si fuera su propiedad exclusiva. Tampoco cuando denunció a la policía a un bar de la competencia por servir de refugio a varios inmigrantes ilegales. Serían los años, los remordimientos, el darse cuenta de que no tenía ya nada que ganar siendo un hijo de puta. "Es malo", solía decirle de él su madre, pero tal y como la pronunciaba esa palabra sonaba muy distinta a cuando servía para alejarlo de las golosinas o del polvo. Jacques, con apenas seis años, comprendía al oírla que ella seguiría arrastrándose puntualmente pasillo adentro, resignada y sumisa, hasta los mismos brazos de su amante cabrón.

Utilizarás las mismas palabras violentas que Jacques pensó entonces, tratando de resucitar su odio, aunque muy pronto se dio cuenta de que este tampoco había sobrevivido, arrumbado en la memoria igual que las latas de conserva. Sólo una cosa no había cambiado: la manera que tenía Eusebio de hablar sin parar, de convertir las palabras en una forma de respiración.

—He pensado mucho a tu madre, a ti, a todos. Los recuerdos son más fuertes que esta vida de perro. A veces te juro que no sé dónde estoy, ni qué lengua parlo. A Sole la conocí en el cuarenta y ocho, mucho antes que tú nacieras. Entonces era joven, Jacques. Tú que la has visto vieja tantos años, no puedes imaginar lo joven que era. Venía de arribar del pueblo y trabajaba de camarera en el *Suez*. Corredera del Desengaño número cinco. Según se monta la Gran Vía desde la Red de San Luis, después de arribar a Callao a derecha, antes la Plaza de la Luna, casi a la esquina con Libreros. Lo veo perfectamente. Yo es que me pongo el video aquí, en la *tête*...

Eusebio se detuvo. Jacques temió que el video se parara o que continuase proyectándose sólo en la mente de su creador. ¿Fue en ese bar donde Eusebio y su madre conocieron a su padre? ¿Al padre que él, Jacques, nunca había conocido? Su madre no le había hablado nunca de sus años en Madrid. Ahora que estaba muerta, tenía la impresión de que no le había hablado nunca de nada. O quizás era él quien no había sabido escucharla.

—Buen lugar, el *Suez*. Todos los domingos iba allí con los *copins*. Había una orquesta que jugaba el mambo. Y Congo, un organillero de Carabanchel, sentado al piano con el *visage* pintado de negro. Las camareras iban disfrazadas de marinas. Todas venían de pueblos del interior. Ninguna había visto el mar, pero igual iban vestidas con su gorra de marinas y sus pules a rayas ajustaditos. Entonces en la España no se vivía como ahora. Era ya mucho si se tenía de qué comer. El pollo sólo era los días de fiesta y la televisión para los millonarios. Había que ratraparse con otras cosas. Se hacía la fiesta como si no hubiera mañana. Jamás me he divertido tanto. ¡Las camareras del *Suez! C'était quelque chose!* Si uno las invitaba a una horchata luego podía racompañarlas a casa y darles un beso en la boca o tocarles las teticas en el portal. A veces mismo se dejaban meter en el cine, o en una pensión. Sólo que de pensarlo se me pone dura. Todavía me pasa, Jacques. Cuando venga la muerte quiero que me encuentre así, para darle por culo. Palmarla empalmado, como un hombre, como los ahorcados…

La risotada de Eusebio degeneró en un violento ataque de tos. ¿Se habría dejado su madre llevar al cine por él antes de salir con su padre? Ella le dijo una vez que su padre fue su primer hombre. ¿Le habría mentido? Era probable. La mentira es tan grande y la verdad tan estrecha… Te das cuenta otra vez, mientras te preguntas cómo contarles lo que sigue a tus perseguidores. Sería fácil simplificar, acusar, anticipar, en vez de recordar exactamente la manera en que Eusebio le propuso a Jacques el trabajo.

—Entonces fue él –interrumpirán–. ¿Eusebio Urías, ochenta y cuatro años, propietario del bar *Patria Querida* y de la empresa de exportación e importación del mismo nombre?

No es tan sencillo. Ya se darán cuenta. A Jacques entonces no le importaba el trabajo. No había ido allí por eso. ¿Por qué había ido entonces? Difícil saberlo. Para llenar, dirías a bote pronto. Para cerrar como fuera una tumba que le venía grande a un solo cadáver y unas cuantas paladas de tierra. En eso nadie como Eusebio podía ayudarle. Sus frases contrahechas, híbridos de español y francés, desbordaban sus labios, capaces de colmar cualquier vacío.

—Pinedo, así se llamaba el propietario. Un tipo bien. Los fines de semana fermaba las puertas a medianoche y nos dejaba restar al interior hasta la mañana. Cuando salíamos no había persona en las calles. Solamente los serenos. De que oíamos sus pitos nos echábamos a reír. "¿No le enseña su pito a las mozas?", les decía el Agallas. Era *culoté, celui-là*! Nosotros reíamos. Éramos los solos despiertos. Los solos jóvenes. Descendíamos Alcalá y arribábamos al Retiro. Las barcas abrían a las nueve. Remábamos hasta el medio. Nos acostábamos a lo largo y entonces no se veía el estanque, solamente el cielo. Con el olor del agua y el alcohol y la marinerita al lado era igual que estar en el mar, *je te jure*!

Interrumpió de pronto su relato, lo que él llamaba "el video".

—No sé por qué te recuento esto. Parlo demasiado. –Después de unos momentos de sorprendente silencio, preguntó–: ¿Has estado allá?

Jacques sabía lo que ese adverbio significaba.

—No he gozado de la oportunidad.

Eusebio echó a reír.

—*Dis donc, mon gars*! ¡Hablas español como un puto marquesito! –Luego, bruscamente serio, añadió–: Deberías ir. También es tu país. No se te ve bien, Jacques. ¿Tienes trabajo? Un amigo me comentó alguna cosa la semana pasada. Un conocido suyo busca a gente de confianza. Un *boulot* fácil y bien pagado, me dijo. Con la posibilidad de viajar allá todas las semanas.

Así, si no recuerdas mal, fue como se lo planteó a Jacques. Nada concreto, ni aún menos ilegal, simplemente una oferta que hubiera llegado a sus oídos por casualidad. No tienes la intención de justificar a Jacques pero, en honor a la verdad, intentarás hacerles ver que no había ninguna razón para rechazar la propuesta. Incluso más tarde, cuando empezó a comprender, no fue el dinero lo que le tentó, sino la oportunidad de conocer la ciudad donde había sido concebido, en la penumbra de un cine o de una pensión, entre gemidos en español y vestidos de marinera.

Ni siquiera tuvo que aceptar. Fue Eusebio quien interpretó su silencio. Le pidió que descolgara una pata de jamón y que se la colocara entre las piernas inválidas. Como un violonchelista, apoyó la pezuña del cerdo contra su hombro, al tiempo que con la derecha agarraba un largo cuchillo que estaba sobre la mesa. Por un momento, pareció tantear el estado de su instrumento. A pesar de su pulso tembloroso, deslizó con habilidad el filo por el rojo oscuro del jamón. Las lonchas se desgajaron una tras otra, muy rápido, finas como pétalos.

—Tu me dirás cómo están las cosas por allá –le dijo mientras le tendía una con el cuchillo–. Hace más de veinte años. Siempre que iba era por el trabajo y apenas restaba algunos días. Pensaba que con la retreta, mas esta desgracia... –se lamentó, señalándose las piernas.

Jacques se llevó el jamón a la boca. La carne se deshizo en su paladar, estalló en su conciencia con la promesa de una felicidad desconocida.

—No voy durar mucho, Jacques. En no importa qué momento va a venir a buscarme la muerte cabrona. No quiero irme sin saber qué ha sido del *Suez*, después de tanto tiempo.

Así quedó cerrado el pacto. Pudo no contestar a la llamada dos días después; pudo no acudir a la cita. También, bien mirado, pudo no haber nacido. Hotel *Terminus*, justo enfrente de la Gare du Nord. El asma le avisó que cambiaba de mundo. Tos, opresión en el pecho: lo mismo sintió al pisar por primera vez el instituto infestado de ácaros que echó a perder su adolescencia, el almacén saturado de efluvios de pegamento donde malgastó su juventud. Seguramente la sensación de ahogo provenía de la suciedad en la moqueta, pero entonces Jacques la atribuyó a la oscuridad que envolvía los pasillos y los cuerpos de los tres hombres que lo esperaban en la habitación doscientos veinte –no te acuerdas del número, pero la precisión siempre da credibilidad a una historia.

Las corbatas blancas, las caras del mismo color: todo parecía concebido para ser maquillado en el recuerdo. La escena se confunde ahora con el telefilm que proyecta la televisión sin sonido en un rincón del bar. Puede que en realidad los tres desconocidos ni siquiera llevaran gafas de sol. ¿De qué les habrían servido en la penumbra de ese hotel de tercera?

La cosa fue sorprendentemente rápida. En cuanto el jefe observó el rostro congestionado de Jacques, pidió a su ayudante que no cerrara todavía la puerta de la habitación.

—Voy a ser sincero –le dijo, aspirando fuertemente las eses–. No me gusta tu cara. No te veo con huevos para hacer esto. Pero lo que pienso da igual. Yo no decido. Tu vida de antes me importa una mierda. En cambio lo que hagas a partir de este momento también es asunto mío. Piénsatelo bien. Esto va en serio. Si quieres echarte atrás, todavía estás a tiempo...

Jacques comprendió que lo estaban poniendo a prueba. No volvió la vista hacia el pasillo, que otro hubiera añorado de pronto como una última vía de escape. Nada dejaba atrás, ni a una mujer, ni a un hijo, ni a un miserable gato.

Todo estaba ya decidido, quizás desde siempre. Lo intuyó al comprobar cómo las instrucciones del jefe le sonaban familiares, cómo sus palabras se convertían en órdenes instantáneamente, sin violencia. Hubo algunas explicaciones, unos pocos consejos –evitar las amistades, comprarse unos zapatos nuevos– y una regla general: no hacer preguntas. A los quince minutos Jacques ya estaba en la calle, con la dirección de una pensión en Madrid y ochocientos euros en billetes de cien.

La mañana siguiente tuvo lugar la primera entrega, en un aparcamiento cerca de la Porte de Pantin. Un hombre bajo y de erres arrastradas le extendió la maleta. En cuanto la Samsonite azul marino tensó su brazo derecho, Jacques comprendió que ese peso no era nuevo, que había cargado con él toda su vida sin saberlo.

El desconocido le alargó también un sobre color crema.

—Ya he sido pagado –observó Jacques, confuso.

El otro lanzó una risa seca, un eco del chasquido de la puerta del *Terminus* al cerrarse sobre su antiguo yo.

—Con estos billetes no vas a correrte ninguna juerga, cabrón. Son de ida y vuelta.

IV

SI ELLOS QUIEREN LES DARÁS DATOS, AUNQUE NADA EN aquel negocio era seguro y todo cambiaba sin razón de una semana para otra. Sobre el papel el trayecto en tren duraba trece horas –salida de la Gare d'Austerlitz a las diecinueve quince, llegada a Madrid-Chamartín a las ocho del día siguiente–, pero podían ser muchas más si había nieve, o huelgas, o pasajeros que sufrían un infarto en pleno viaje. Del mismo modo, la media era de tres maletas por semana, pero a veces eran una o cinco, sin que nadie se sintiera obligado a dar explicaciones. Lo difícil era renunciar a buscar una lógica y aceptar las cosas como venían. El esfuerzo tenía sus compensaciones: ochocientos euros en metálico por maleta menos cuatrocientos de gastos de viaje y alojamiento, tres mil a tres mil quinientos limpios al mes.

Los números son demasiado fáciles como para tener importancia. Te gustaría hablarles de otras cosas, como la luz. La primera vez que Jacques puso los pies en Madrid le arrugó los ojos como a un recién nacido. "Ardiente", "grávida", "cegadora": buscarás en vano esos adjetivos que no figuran en los manuales y que, de todas maneras, tampoco servirían para describir esa pura presencia que le hizo sentir que había pasado toda su vida en la penumbra, que la esfera lejana que alumbraba la grisalla de París no era más que una pálida luna travestida.

Tras el deslumbramiento, volvió el miedo. Mientras empujaba la maleta por el andén, Jacques miró atrás una y otra vez, seguro de distinguir los ojos policíacos del gigante orejudo. Las palmas de las manos se llenaron de sudor; el asa de cuero se le escurrió y la Samsonite cayó al suelo con un ruido que pareció resonar en la estación entera. Todos los pasajeros hicieron como que no lo escuchaban, demasiado ocupados en fingir la normalidad. Cuando llegó a la estación de taxis, su pulso tenía el ritmo de la huida.

—¿Aondeamo?

El acento del taxista era indescifrable. Jacques se limitó a dar la dirección que le habían entregado en el hotel *Terminus*.

Pensión *Don Juan*. Olor a guiso. Macetas despeinadas. Un póster de Torremolinos, hermoso en comparación con el frutero de mayólica que desfiguraba el mostrador de la entrada.

—Buenos días. ¿Dispone de alguna habitación módica?

La dueña de la pensión, una sesentona con el pelo cardado y una bata que fue rosa, lo miró con extrañeza.

—¡Loli! –El grito retumbó en los pasillos oscuros–. No se preocupe –añadió–. Mi hija habla inglés.

Jacques recordó la advertencia del Método: "En todo buen hotel tendrá un adecuado servicio de intérpretes, pero usted no puede pretender disponer de uno en exclusiva". Fue necesario un esfuerzo desesperado para rescatar el término "barato" y evitar una total humillación. La hija le entregó una llave y le pidió que pagara por adelantado.

—¿Está provista de aseos? –preguntó Jacques.

—Los baños están en el pasillo –contestó la chica–. Esto no es el *Ritz*.

Al menos la habitación estaba limpia. La ventana daba a un patio interior. En el edificio de enfrente, una pequeña claraboya servía de nido a una pareja de pichones. Jacques observó con repugnancia los cuellos despeluchados, el rastro de cagadas que se desparramaba por la pared como una gotera tóxica. La madre apareció de pronto con algo en el pico y las dos crías se abalanzaron sobre la pitanza con unos gritos frenéticos. Jacques se apartó de la ventana con un amago de náusea. Las palomas eran las mismas en todas partes, pensó descorazonado. No se atrevió a pedir que lo cambiaran de cuarto. Se tendió en la cama y, con la vista fija en el techo dividido por la línea de sombra, se quedó pensando en la expresión "pensar en las musarañas". Al cuarto de hora, sonó el móvil:

—Calle del Humilladero veintidós, a las tres de la tarde.

Siguió escrupulosamente las instrucciones. Pidió al taxista que le dejara en la Plaza de la Cebada y recorrió la distancia restante andando. Una vez que estuvo seguro de que no le seguían, entró en la tienda de antigüedades que le habían indicado por teléfono. Esperó unos instantes en la penumbra atestada de muebles y estatuas religiosas. Enseguida apareció un hombre retaco y bizco, con un *piercing* en la oreja y una vieja camiseta del Che que contrastaba con la vestimenta formal de los hombres de París.

—¿Algún problema? –preguntó con un acento brusco, distinto al de sus colegas del *Terminus*.

—Creo que no.

El hombre cogió la maleta y desapareció con ella por el pasillo del fondo. Jacques miró a su alrededor. Lámparas apagadas. Sillas patas arriba. Relojes detenidos. Inquieto, cogió de una repisa una reproducción en miniatura de la

43

Sagrada Familia –al niño Jesús le faltaba la cabeza. Escuchó una tos cerca de él. Al levantar la vista, descubrió en un rincón a un joven cejijunto que lo observaba con una sonrisa mientras se acariciaba el sexo a través de la telilla del pantalón. Jacques soltó inmediatamente las figuritas. El rumor de la conversación en el cuarto contiguo se juntaba con los nervios y el olor mareante del aguarrás. Al fin el bizco volvió a aparecer, sin la maleta, pero con otro sobre en la mano.

—Pasado mañana, aquí mismito, a las cinco. ¿Entendido?

Eso fue todo. Tus interrogadores, por supuesto, sospecharán, creerán que les estás ocultando lo esencial. Vamos, un poco de memoria, dirán, no irás a hacernos creer que tu amigo Jacques no vio ni oyó nada más. Un esfuerzo. De nuevo los ojos en blanco de las vírgenes de escayola. De nuevo ese olor a aguarrás que parecía ir a hacer sangrar las fosas nasales. Y un reloj de pared alargando con su tic-tac el paso de los segundos. Un momento. Ninguno de los que estaban allí funcionaba. Ese reloj es el de la residencia de ancianos donde murió la madre de Jacques. ¿Cómo ha ido a parar hasta allí? Vete a saber. Recordar es falsificar: por eso las primeras versiones son las más verídicas. Allá ellos si no te creen de entrada: no te costará nada añadir relojes que funcionan, gritos en la habitación contigua, insultos contra los cabrones de Sinaloa y un tipo apodado "El Madre". Cosas oídas si acaso más tarde, en otro contexto y de otra forma, pero que quizás logren convencerlos de que no escondes nada, de que tú sólo quieres cooperar.

No sabes si lo has dicho ya, pero no está de más repetirlo: Jacques sólo era un mensajero. A nadie se le ocurriría responsabilizar a un cartero de las amenazas, los timos y las mentiras que reparte a diario. Su nuevo trabajo no era tan distinto del antiguo. Jacques transportaba su mensaje de quince kilos y lo entregaba puntualmente: el resto no era cosa suya. Quizás por eso te cuesta tanto ahora recordar los detalles de la entrega, y en cambio vuelves a sentir con fuerza la alegría de Jacques al pisar la calle sin la maleta, la manera casi compulsiva de fundirse con los paseantes y el aire limpio de la mañana.

Ofertón. Y yo le dije a la muy calientapollas. Venéreas, interrupción voluntaria del embarazo. Apañados estamos. Mira por dónde en vez de subir arriba. Me cago en la hostia puta. Bocatas, montaditos, raciones. A Dios gracias. Hombre, si me tiran de la lengua. Ni hablar. Me la suda. Así nos va. Lotería para hoy, lotería…

El idioma anémico del método gritaba, bullía, se animaba, como una estatua vuelta a la vida. Jacques se dejó arrastrar por aquella tromba de palabras que no parecía nacer de los carteles o las bocas, sino de la ciudad misma, mezclada con el aliento del asfalto y las toses de los cláxones. No se detuvo para observar las fachadas de los edificios, ni preguntó a nadie la dirección. Bastaba con callar y apretar el paso para tener la impresión de que esa lengua multitudinaria lo acogía igual que a las viudas, a los ejecutivos y a los jubilados nativos que inundaban como letras los largos renglones de las calles.

Corredera del Desengaño. Jacques la había buscado en el mapa el día anterior, pero aun así le pareció un milagro encontrarla sin ayuda. El número cinco estaba ocupado por la *sex-shop Edén*. Redecora tu vida sexual. Más de tres mil artículos. Vaginas para todos los gustos y bolsillos. Jacques comprobó varias veces la dirección para asegurarse de que no se había equivocado. Vaciló unos instantes ante la puerta

45

y luego siguió andando. Un poco más abajo, un grupo de colegialas con uniforme compartía los primeros cigarrillos. En el locutorio de enfrente, un negro gesticulaba con el teléfono en la mano y lágrimas en los ojos. De una ventana abierta salía atronadora una música tecno. El vestido de las camareras, Congo, el charlestón. El pasado como un gran teatro saqueado, con los disfraces hechos jirones, arrastrados por las calles por desconocidos que nada sabían de la obra en la que habían sido estrenados.

Después de dar la vuelta a la manzana, Jacques se atrevió a entrar en la *sex-shop*. Las estanterías rebosantes de objetos se sucedían bajo una impotente luz rojiza. Se dirigió a la caja y preguntó por el *Suez*.

—¿*Suez*? No me suena el título —respondió el encargado, levantando hacia Jacques una mirada drogada—. ¿Ha mirado en la sección de interraciales?

Jacques avanzó hacia el fondo de la tienda. Entre las estanterías se veía a algunos hombres solos, siempre de espaldas. Estimulador rígido del punto G. Dildo realista con testículos para arnés. Allí sonó el piano. Allí las parejas bailaron abrazadas, tratando de olvidar la guerra y el hambre. Jacques las imaginó girando al ritmo de *Moonlight Serenade*, que su madre no podía oír sin llorar, derribando a su paso consoladores gelatinosos y bolas chinas.

La cabina del *peep-show* apestaba a lejía. Un olor falso, que ocultaba la verdad del sudor y el semen. La mirilla era redonda, no mucho más grande que un ombligo. Jacques se acercó a ella y observó el escenario vacío donde antes debió de estar la orquesta. Las primeras notas de una canción de *rock* sonaron en el altavoz de la cabina y una mujer con un antifaz negro y una peluca platino apareció sobre la tarima circular, envuelta en una viscosa luz acuática. Lanzó al aire su gorra de motorista y empezó a contorsionarse alrededor de la barra plateada con unos vertiginosos zapatos de tacón. No parecía escuchar la misma música que ensordecía los oídos de Jacques. Sus movimientos eran lentos, antinaturales, como si tuviera que ejecutarlos en un medio más denso que el aire enrarecido de la cabina, o estuviese bailando una nostálgica melodía de los cuarenta. Desde ese mismo lugar Eusebio y su padre habrían espiado también a su madre, desnudándola mentalmente al compás de *Satin Doll* o de *It had to be you*, soñando con esa piel que ahora se vendía a decenas de miradas invisibles. Despacio, muy despacio, la mujer se quitó la chaqueta de cuero, descubriendo un sostén rojo con lentejuelas espejeantes. Sus rasgos eran indiscernibles en la penumbra. En cambio, a la luz azulada de los neones, la peluca platino brillaba con un blanco helado, la única huella de la muerte en ese cuerpo resucitado que ondulaba, vibraba, hipnotizaba, mudando de piel igual que una serpiente.

La respiración de Jacques se hizo más pesada y empañó el cristal de la mirilla. Aun así pudo ver cómo la última capa caía, descubriendo dos nalgas perfectas. Jacques alargó su mano derecha, como si quisiera acariciarlas. Entonces la bailarina se volvió hacia él. Lo había visto. Lo había reconocido. Empezó a avanzar en su dirección, ofreciéndole provocativamente sus pechos. Jacques retrocedió hacia el fondo de la cabina, aturdido por la excitación y la vergüenza. A medida que la bailarina se acercaba al cristal, desaparecieron de su campo de visión la cara, los pezones, el ombligo. Quedó sólo el sexo, agitándose a unos pocos centímetros de la mirilla como un ojo rasgado y ciego. Jacques se estremeció: en el delta de Venus depilado se veía tatuada un ancla de marino.

Un ruido a su lado le hizo dar un grito.

—El joven disculpe —le dijo una limpiadora de rasgos aindiados mientras agarraba una fregona del rincón—. No más venía por el estropajo.

Jacques se precipitó fuera de la cabina. La palabra "joven" lo acompañó a la calle junto al olor a sudor viejo y la imagen del ancla. El anochecer envolvía la ciudad en la misma penumbra rojiza del *Edén*. Trató de borrar la sensación de malestar en un bar cercano, no muy distinto de este en el que estás tú ahora ensayando el relato. ¿Le habría dicho Eusebio la verdad? ¿Habría existido el bar *Suez* tal y como se lo había descrito o era sólo una invención de la nostalgia?

El alcohol era la única respuesta a su alcance. Encargó una copa de coñac y la apuró de un solo trago. Junto a él dos clientes intercambiaban frases ininteligibles. La pantalla de la televisión mostraba imágenes de jóvenes negros apelotonados en una lancha, con la mirada vacía. Sin dejar de hablar a toda velocidad para la cámara, el locutor avanzaba de espaldas por una playa salpicada de cuerpos cubiertos con sábanas blancas.

—Elrama deaemigra sionue le a saudir acostas españolas. Un sueño contido en pese a de ella pamil es desvenes que uscan una vidaeor...

Jacques creyó volver tras la puerta del cuarto donde su madre solía encerrarle de niño. ¿Conseguiría derribarla alguna vez? Hubiera querido taparse los oídos, pero entonces habría sido difícil seguir bebiendo.

Iba por la tercera copa cuando vio entrar a la mujer. Se

sentó en una mesa junto a la ventana y pidió un *gin-tonic* con el tono desenvuelto de una clienta habitual. Llevaba vaqueros y un ajustado jersey blanco de cuello alto que realzaba sus pechos; el pelo, oscuro y abundante, estaba recogido en un apretado moño. A pesar de ese disfraz de normalidad, Jacques reconoció a la bailarina del *Edén*. La certeza se impuso antes de poder atribuirla a la piel irrealmente pálida, a los labios rojos y sensuales que se desgajaban del rostro con vida propia. Si hubiera seguido en la cabina, Jacques habría podido explicar mejor por qué estaba tan seguro de que era ella. Resultaba mucho más difícil observarla ahora, a cara descubierta. Jacques se veía obligado a espiar fragmentos de su cuerpo en la porción de espejo visible entre las hileras de botellas, a lanzar fugaces miradas de reojo que no dejaban en la retina más que formas inciertas.

Después de acabar el *gin-tonic*, la mujer se levantó y se dirigió hacia la máquina tragaperras junto a la barra. Desde su taburete, a un metro escaso de su espalda, Jacques pudo oler un violento perfume afrutado, perfecto para camuflar el sudor y la pegajosa obscenidad de decenas de miradas escondidas. La máquina *Hawaian Cocktail* empezó a parpadear y a emitir sonidos; a su compás vibraban la nuca y las nalgas de la bailarina —esas mismas que poco antes había visto desnudas, relucientes como dos piedras preciosas. "Cabrona", "Hija de la grandísima puta": las exclamaciones de la mujer contra la máquina fueron ganando en intensidad hasta estallar en un manotazo de impotencia.

Jacques recordó una expresión anotada hacía poco en su libreta de vocabulario.

—Desgraciado en el juego, fortunado en amores.

Nada más pronunciarla en voz alta, le asaltaron las dudas.

¿Se decía así o al revés, "desgraciado en amores, fortunado en el juego"? ¿Cuál era la expresión correcta: "en el juego" o "con el juego"? La mujer se volvió, sorprendida. Pareció fijarse primero en sus zapatos nuevos; luego, al levantar la vista hasta su rostro, adoptó una expresión que Jacques conocía demasiado bien: frunció la boca para formular una sospecha, afiló los ojos como si quisiera penetrar con la mirada una fina máscara pegada a su piel.

—¿De dónde eres?

Le avergonzó haber disimulado tan mal su nacionalidad. Tantas horas de estudio, tantas preposiciones, verbos irregulares, seres y estares y demás suplicios para acabar descubriéndose a la primera frase.

—Yo soy francés –dijo con rabia–. Mis padres eran españoles.

La mujer soltó una risita.

—Ya. Unas copas y todos los hombres se vuelven franceses. A ver, dime algo en francés. –La petición le tomó de sorpresa. Se quedó paralizado, con la mente en blanco, incapaz de balbucir una miserable frase en la única lengua que creía dominar. De nuevo la mujer se echó a reír.

—¡Menudo francés estás tú hecho! Dime: "Todos los tíos son unos mentirosos".

—*Tous les oncles sont des menteurs.*

Esos sonidos sonaron extraños en su boca, como los de un idioma extranjero.

—Debes de ser francés porque, entenderse, no se te entiende ni jota.

—¿Ni jota?

—Que no hay Dios que te entienda, vamos. –La mujer se sentó junto a él en un taburete libre–. A ver qué tal anda tu español. A ver si puedes decir: "Camarero, un *gin-tonic* para la señora".

Jacques repitió obedientemente la frase. Demasiado fácil, pensó. Quizás esa ensayada escena en el bar también formaba parte del trabajo: después de haberse exhibido en el *Edén*, la mujer tendría la costumbre de ofrecer su cuerpo a un espectador. Sólo que ella no podía saber que Jacques había sido uno de ellos. Le daría igual. Cuando bailaba no lo hacía para una docena de clientes a los que no podía ver, sino para todos los hombres, para el deseo y su mirada de infinitos ojos.

—¿Eres de París? —preguntó la mujer mientras daba el primer trago al *gin-tonic* y encendía un cigarrillo.

—¿Cómo sabes?

—Todos los franceses son de París. O eso dicen. ¿Qué otra ciudad importante hay?

—Muchas. Hendaya, por ejemplo.

—¿Hendaya? No me suena. ¿Qué hay ahí?

—La frontera.

—¡Vaya cosa! Las fronteras no se ven. Y casi mejor, porque si se vieran serían algo muy feo. Creía que me ibas a hablar del queso, del vino. ¿Hay vino en Hendaya?

—No sé —contestó Jacques—. Nunca he ido.

—Entonces tan importante no será —dijo ella.

—Hay cosas importantes que no se conocen.

La mujer lo miró con desconfianza. Jacques pensó que no era tan joven como le había parecido en el escenario. Treinta años, puede que alguno más. Eso siempre que no hubiese decidido esconder o destruir su juventud de manera voluntaria. La agresiva tirantez del moño, la manera compulsiva de fumar el cigarrillo sugerían una forma de odio contra su propia belleza.

—¿Me dejas dos euros? –le preguntó la mujer después de un momento de silencio–. No es que no tenga, pero así, con tu dinero, me prestas tu suerte –Jacques le dio la moneda y la mujer volvió a enfrentarse a la máquina tragaperras. Durante unos minutos el bar retumbó de nuevo con la música estridente de la *Hawaian Cocktail* y el *crescendo* de los insultos. Luego ella regresó a la barra, con aire abatido–. Tu suerte es tan mala como la mía. –Se bebió lo que quedaba de *gin-tonic* y tiró el cigarrillo al suelo–. Me voy. Estoy hecha polvo.

Jacques no comprendió la expresión, pero sí el gesto de cansancio que la acompañó. ¿Cuántas funciones habría hecho sobre la tarima del *Edén*? Debía de ser agotador bailar sin ver al público ni recibir aplausos.

—¿El trabajo?

—El trabajo, la vida, todo –contestó la mujer e hizo un primer gesto en dirección a la puerta.

—¡Espera! Yo también parto.

—¿Y tu copa? –preguntó ella, señalando al cognac a medio terminar.

—No importa. Beber no es bueno.

Algunas miradas siguieron su avance por el bar. Quizás les consideraran como un matrimonio de vuelta a casa después de la salida semanal. Ya en la calle, Jacques se dio cuenta de que le apetecía prolongar la ficción.

—¿Tomas el metro?

Los labios de la mujer esbozaron una sonrisa que Jacques no consiguió entender.

—¡Sólo faltaba! No, hijo. Vuelvo a pata.

—¿Qué dirección?

Por debajo del maquillaje se dibujó una horrible expresión

de desaliento, como si en un instante se hubieran acabado los efectos de una droga, o el tiempo de una función.

—Ésa me la conozco. ¿Tú hacia dónde vas?

Dudó un momento y luego señaló en una dirección cualquiera.

—Yo bajo a Sol —contestó ella, señalando en sentido opuesto—. Mala suerte.

Antes de dejarla marchar, decidió intentarlo por última vez:

—Me llamo Jacques. Vengo en Madrid todas las semanas. ¿Puedo llamarte?

—La semana que viene salgo todos los días de las cocheras de Plaza de Castilla a las siete. Pregunta por María José. Si no encuentras nada mejor...

Dio media vuelta y echó a andar calle arriba. Jacques la dejó alejarse un poco y luego la siguió a distancia. En realidad, esa era también la dirección que debía tomar; dijo lo contrario porque pensó que, mintiendo, tenía más posibilidades de coincidir con ella. Nunca tuvo suerte con el juego, ni con las mujeres. Nunca supo predecir nada, ni el resultado de un partido de fútbol, ni el sexo de un bebé, ni la identidad del asesino en un telefilm. María José andaba rápido y a Jacques le costaba seguir su ritmo. Sólo cuando ella se detuvo un instante ante una tienda logró recuperar el terreno perdido y adivinar su rostro iluminado por las luces de los escaparates. Mientras luchaba por no perderla tras las esquinas, imaginó que detrás de cada ventana a oscuras unos ojos furtivos acechaban el contoneo de sus caderas y el bamboleo de sus pechos.

María José desembocó en la Gran Vía y se unió a la compacta multitud que parecía festejar la llegada de la noche.

Jacques se esforzó por seguir el rastro del jersey blanco entre cientos de cuerpos apresurados. Por un momento la perdió de vista, pero enseguida la divisó de nuevo algo más adelante, esperando el semáforo. Se encontraba a unos cinco metros, cuando ella se volvió en su dirección. Jacques descubrió con sobresalto la cara avejentada e indiferente de una desconocida. Cruzó la calle corriendo, buscando con ansia a su alrededor. De pronto no había una sola silueta blanca, sino dos, tres, cuatro, decenas de mujeres vestidas de ese mismo color que reían, abrazaban, esperaban el autobús, hablaban por el móvil, como si María José se hubiera multiplicado hasta el infinito en el espejo de la ciudad.

Jadeante, Jacques se dejó caer en el banco de una plaza cercana, enfrente de una pareja que se manoseaba con descaro. Imaginó a sus padres una noche a la salida del *Suez*. Ahora que estaba solo, se daba cuenta de lo mucho y mal que había bebido. Se recostó contra la madera. Una ambulancia, un semáforo, el neón de una farmacia de guardia: le pareció que Madrid parpadeaba a velocidad de vértigo, que las calles se convertían en rodillos de una voraz máquina tragaperras. Con la vista fija en los jóvenes de enfrente, mareado, al borde de la náusea, se preguntó cuántas apuestas perdidas habían sido necesarias para que él fuera concebido en algún rincón de aquel inmenso casino.

V

—**S**ABEMOS QUE ES JODIDO ESTAR SOLO —TE interrumpirán—, pero no hemos venido aquí a escuchar cómo liga Jacques en los bares. Esto no es ninguna broma. Por si no lo recuerdas, tu amigo está acusado de dos asesinatos, además de una tentativa de homicidio y violación. No es el único perturbado que anda por ahí suelto. Mientras tú hablas, en alguna parte alguien mata, roba, tortura. Por cada palabra tuya hay un grito y un charco de sangre. No tenemos tiempo de escuchar batallitas sentimentales...

Se equivocan: en contra de las apariencias, en contra de todo, Jacques es inocente. ¿Conseguirás hacérselo entender cuando por fin estén delante y de tu boca salgan palabras de verdad que traicionen tu acento? Por mucho que te prepares, no va a ser sencillo. Si es fácil embarullarse con las frases dichas, sombras de las cosas, cuanto más con estos esbozos mentales, con este feto de relato que crece al filo del aborto. La única vez que tocaste un vientre embarazado las patadas del bebé te recordaron los golpes de un condenado contra los muros de la cárcel. Pensaste que quizás dentro de una madre el tiempo no siguiera las mismas leyes que en el exterior, que una pesadilla intrauterina de nueve meses podía resultar más larga que la vida de setenta años encargada de cumplirla. Puede que, a la hora de ver la luz, este relato se resuma en un par de frases mal tartamudeadas.

O puede que no. "Verdad": esa es la palabra que ellos han utilizado –que utilizarán. Si te hubieran pedido firmar una confesión, lo habrías hecho. No tienes ningún interés en quedarte más tiempo del necesario en este purgatorio de carretera. Pero ellos quieren la verdad, eso han dicho, y la verdad no es coser y cantar. Si Jacques no hubiera ido a la *sex-shop Edén* no habría conocido a María José, y de no ser por María José no estaría donde está. Así son los costurones del destino: absurdos de cerca, a unos cuantos pasos o meses de distancia acaban por dibujar el preciso tapiz de la fatalidad.

Lo importante es no perder el hilo. ¿Por dónde ibas? O más bien, ¿de qué lado estabas? A veces, al entreabrir los ojos, tampoco Jacques lo sabe. En la penumbra del cuarto donde despierta nada le permite salir de dudas. Los recuerdos van y vienen como olas. Resaca. Tiene resaca. Se agarra a esa palabra, pero entonces la mandíbula rígida y la boca pastosa le recuerdan la expresión francesa: *gueule de bois*. Jeta de madera. Busca a su alrededor. Techo. *Plafond*. Cortinas. *Rideaux*. Sábanas. *Draps*. No hay respuesta. Cada objeto es una llama a punto de desdoblarse. Le entra miedo a la locura. Se cubre con las mantas, en un intento desesperado por recuperar la unidad de lo oscuro.

No hay peor maldición que tener que estar en alguna parte. Por eso, de día, le gustaba viajar en el *Francisco de Goya*, sentirse perdido, libre, volando por encima de páramos sin nombre. En cuanto el tren arrancaba, olvidaba la maleta, las palmas sudorosas, el cruce de miradas con el coloso greñudo que no dejaba de aparecerse en los pasillos. El miedo, sin desaparecer, se convertía en una presencia de fondo, como los tendidos eléctricos al borde de las vías que uno acababa por no ver, fundidos con el paisaje.

Por precaución Jacques nunca salía del compartimento salvo para ir al baño. Cuando le tocaba viajar solo, estiraba las piernas y se dejaba hipnotizar por el horizonte. Entonces escuchaba mejor la música de violín que a veces, sólo a veces, sonaba intermitentemente a partir de las ocho. El programa variaba según el destino. De Madrid a París incluía tópicos como *La vie en rose* o *Sous le ciel de Paris*. En sentido contrario, algunas de las viejas canciones españolas que su madre solía escuchar los domingos en un tocadiscos de segunda mano que siempre añadía a la música un fondo de lluvia.

En general, Jacques viajaba acompañado. Se dedicaba entonces a imaginar la vida de los desconocidos que tenía enfrente. Nunca iniciaba él la conversación, pero si le preguntaban, cada vez le costaba menos inventar. En francés o en español, improvisaba falsos destinos con una naturalidad de la que no habría sido capaz fuera del tren. No tardó en sacarse un hijo de la manga, lo cual, ante pasajeros que no volvería a ver, permitía ampliar notablemente los alcances de la ficción:

—Vengo de visitarlo –decía Jacques–. Ahora habita en Madrid, bien que nació en París.

—¿Es español?

—Su nacionalidad es francesa, mas mi mujer era española. Siempre fue un estudiante excelente. Ella quería que aprendiese bien la lengua y la cultura de su país de origen. Ella murió cuando él tenía justo seis años.

—Lo siento.

—Mi hijo la amaba mucho. Aprendió tan bien español que ahora da clases de español a españoles. ¿Se da usted cuento?

—Impresionante. Puede estar usted orgulloso de...

—Santiago. Ese es su nombre.

—¿Y usted...?

—¿Yo? Jean-Pierre, para servirle.

Ni siquiera tenía la impresión de mentir. A fuerza de ser reiterado todo se vuelve cierto: un nombre, una biografía, un Dios. La verdad depende de la repetición, y esas creaciones de una tarde ni siquiera tenían la consistencia de las mentiras. Eran como los árboles y las casas al borde de las vías: fogonazos libres del peso asfixiante que adquirían las cosas y las palabras en cuanto el tren se paraba en la estación de destino.

Todo habría sido más fácil si también Jacques hubiese sido una ficción, un simple personaje de novela. Entonces, a su regreso a París después de la primera entrega, no le habría costado tanto pisar el andén de la Gare d'Austerlitz, ni subir con la maleta los seis pisos malolientes del edificio sin ascensor donde le dieron cita. Llegó tan jadeante arriba que los jóvenes que le abrieron la puerta se asomaron al rellano para ver si le seguía alguien. Cuando comprendieron que la culpable era su mala condición física, las bromas no se hicieron esperar:

—Estuvo ruda la balacera, ¿verdad, culero? –le dijo un crío que no parecía tener ni veinte años, con los brazos cubiertos de tatuajes de cruces y serpientes.

Jacques comprendió enseguida que las burlas escondían un miedo tan intenso como el suyo. Bastó con oír cómo la voz de los adolescentes se puso a temblar en el cuarto contiguo: "Sí, patrón", "faltaba más", "como usted diga…". Simples mandados al fin y al cabo, eslabones de una cadena que de seguro corría por otras habitaciones y escaleras hasta alturas mucho mayores que un mísero sexto piso. La única diferencia era que ellos miraban hacia arriba y Jacques hacia fuera, que ellos querían seguir subiendo y él sólo aguardaba con ansia el momento de poder bajar, de salir a la calle y refugiarse en el bar más cercano.

Aunque tampoco París le resultaba ya acogedor. Su belleza era un frío fondo de postal donde se superponían recuerdos ajenos como en un fotomontaje chapucero. Tenía la impresión de haber estado ausente meses. Cuando abrió la puerta de su apartamento, el olor a cañería y col casi le hizo vomitar. Se fijó en las costras de grasa en los platos sin lavar y los botes de cerveza por el suelo. Le pareció imposible que alguien hubiera podido vivir en aquella pocilga. No aguantó ni media hora dentro. Mareado, vagó por calles que la bruma emborronaba. Recién llegado a su ciudad natal, sólo pensaba en marcharse. Comprendió que sólo le quedaba un refugio.

Era como si el *Patria Querida* hubiera estado esperándolo. La mulata de la barra le sonrío y, con un gesto de la mano, Amelia le invitó a sentarse en su mesa. Jacques pensó que esta vez lo había reconocido. Cuando estuvo frente a ella, la antigua amiga de su madre le repartió unas cartas con los bordes deshechos. ¿Había descubierto quién era o lo tomaba por un cliente más? Hacía por lo menos veinte años que Jacques no tenía entre las manos una baraja española. No sabía a qué jugaban y fue soltando las cartas al azar. A Amelia no pareció importarle. Cortaba, recogía y barajaba los naipes con la destreza de una pitonisa. Jacques pensó que esa vidente muda podría ayudarle a adivinar el pasado.

—¿Cómo pudo mi madre soportar esta vida, Amelia? ¿Le gustaba que se la follase Eusebio? ¿Te habló alguna vez de mi padre?

No llegó a pronunciar en voz alta esas preguntas. Cada vez que Amelia sorprendía su mirada esbozaba la estúpida sonrisa de los viejos al sol. Su silencio era angustioso como un espejo tapado; ante él, Jacques tenía la sensación de haber olvidado su propio rostro. Caballo, sota, rey: dejaba caer esas figuras como le venían, mientras que Amelia reflexionaba, dudaba, parecía ver una lógica en ese demencial simulacro.

La camarera lo interrumpió con el recado de que el "señor Eusebio" deseaba verle. Jacques se levantó inmediatamente. Recordó que durante su primera entrevista con el viejo había intuido una tercera presencia en la penumbra. Ahora le sorprendió no haberla reconocido. El aire estancado, el olor a subsuelo, los pómulos ansiosos por romper la piel: en el polvo que lo cubría todo no había más que huellas de una muerte cercana.

—¿Cómo te fue, Jacques? –preguntó Eusebio, desde su silla de ruedas– Bien, *n'est-ce pas*? Haría sol allá. Siempre hace sol. No como aquí. Semanas enteras sin ver el cielo aquí, Jacques.

Jacques se preguntó qué podría cambiar el sol allí dentro, apenas un charco luminoso donde ver bailar la suciedad. Pero el buen tiempo que añoraba Eusebio no era el de los partes metereológicos, sino el de su juventud. Después de unas preguntas distraídas sobre su nuevo trabajo, se interesó enseguida por *El Suez*.

—Ya no es *El Suez* –respondió Jacques–. Ahora se llama *Edén*.

—¿Edén?

Eusebio repitió varias veces esa palabra, desamparado, como si desconociera su significado, a pesar de que se dijera igual en francés y en español, igual que casi todas las cosas que no existen.

—El hijo de Pinedo lo dirige todavía –dijo Jacques–. Es un hombre de alrededor de setenta años. Alto. Grande. Muy simpático.

Si te preguntan por qué mintió, tendrás que reconocer que no lo sabes. Ahora menos que nunca. El destino brindaba a Jacques la ocasión de vengarse de la humillación inflingida a él y a su madre, de vengarse sin culpabilidad, enfrentando al viejo con la atroz verdad del tiempo. Dejó pasar la oportunidad, al igual que había desaprovechado uno tras otro los pocos regalos que le había hecho el azar. Quizás, tratarás de explicarles, sintió a Eusebio tan débil que pensó que la nada o el infierno serían enseguida un castigo suficiente.

—Su padre solía hablarle mucho de los huerfanitos de San Nicolás –prosiguió Jacques–. Decía que nunca había tenido clientes parecidos. Que nadie hacía la fiesta como ellos.

Exactamente así dijo, por mucho que sientas ahora la tentación de negar que pudiera plegarse al deseo ajeno de forma tan estúpida. Eusebio sonrío con sus encías caballunas. Entonces, lo recuerdas dolorosamente, esa sonrisa le resultó conmovedora.

—¡Bien seguro que no! –exclamó–. ¡Menudas eran las farras que nos corríamos! Había que olvidar todo: la guerra, el hambre, *tout*. La noche entera bebíamos como poloneses.

61

Danzábamos, danzábamos hasta no tener de pie. A veces el Pinedo nos fiaba. Era un bravo tipo. Un corazón en oro. Solamente cuando alguno intentaba levantarle la falda a una marina, *alors* el Pinedo se metía en cólera. Mas con chicas así... ¿Las viste? ¿Les hablaste? ¿Les pellizcaste el trasero?

—Las vi. Algunas siguen vestidas de marinas.

La sonrisa de Eusebio se alargó hasta el límite, como si quisiera rozar esas pieles que alborotaban sus recuerdos. Después de unos instantes de silencio, habló de sus excursiones a los cines con algunas de aquellas camareras.

—No a los cinemas de estreno, bien seguro. Esos costaban tres perras. Los cinemas de barrio, al contrario, costaban menos de la mitad. Pasaban *films* de hacía dos o tres años. A mí me era igual. Las actrices eran más jóvenes, y la oscuridad la misma. A las camareras del *Suez* se las podía besar de cara. La luz de la pantalla les iba muy bien a las *coquines*. Mismo *stars* de cine parecían. Las pajilleras eran otra cosa. Feas como demonios, pero qué manos, Jacques. Lo mejor era ver el *film* antes y tomar una escena en la que salía bien la protagonista. *Tu sais*, con el escote, con la piel blanca, con el visaje de ángel rodeado como de una nube de luz. La pajillera se sentaba *a côté* y cuando tú le decías metía la mano ahí abajo y comenzaba. La cosa era no parar de ver la pantalla. Pensar que era a ti que la actriz miraba. Era como hacer el amor, Jacques: con la Hayworth, con la Gardner, con una rubia de la que no me recuerdo el nombre, pero que tenía unos labios de sueño, unos labios que *malgré* el negro y blanco recuerdo rojos, rojos como sangre.

Siguió monologando, bombeando recuerdos de la penumbra de esos cines que situaba con maniática precisión: el *Europa* en Bravo Murillo esquina con Teruel; el *Barceló* enfrente del mercado del mismo nombre; el *Fantasio* en La Latina, a la altura de Tirso de Molina.

—A esa época sabíamos soñar. El sueño era nuestro pan. Soñabamos con América. Soñábamos semanas enteras con cada cara bonita que veíamos en el cine. Todo duraba más. También la noche. La ciudad no estaba iluminada como ahora. Casi era igual si se abrían los ojos o no. El sueño continuaba de todas formas. Creíamos en él. Teníamos que creer. *On n'avait pas le choix.* Y a veces éramos casi felices, *tu comprends?*

En la penumbra del *Patria Querida* las palabras de Eusebio no las entendía: las vivía. *Casi era igual si abríamos los ojos o no...* La noche del siguiente jueves, después de recoger la mercancía en un sótano de Belleville, Jacques se despertó en el *Francisco de Goya* ya pasada la medianoche. Instintivamente sus ojos se pegaron a la ventanilla del tren y se adentraron en las sombras que rodeaban Hendaya, hundida en la madrugada perpetua de la mitad del trayecto. Durante unos minutos, hasta que el lívido jefe de estación tocó su silbato, las luces del andén iluminaron unos cuantos rostros fantasmales. Luego el tren volvió a arrastrarse bajo la oscuridad de la frontera, una oscuridad de otra época, como la que Eusebio había descrito, densa, callada, un sudario que ocultaba para siempre el secreto de los muertos. Jacques tuvo entonces la impresión de ser el sonámbulo del sueño de otro. Recordó la maleta en el portaequipajes encima de su cabeza y le entró miedo de que, al abrirla, los hombres de Madrid no hallaran aquello que esperaban, sino un cargamento de fotos de actrices muertas y pañuelos manchados de semen.

VI

CUANDO LLEGÓ EL MOMENTO NO LE REPROCHARON nada. Mientras el tipo a su izquierda conducía, les detallarás, otro, sentado detrás, a quien Jacques no se atrevió a ver la cara, se encargó de inspeccionar rápidamente el contenido. "Buen trabajo", dijo antes de entregarle su sobre y dejarle bajar en una esquina cualquiera. Jacques prefería las burlas de los jóvenes de París a cumplidos como aquel. Sugerían una forma de complicidad que Jacques rechazaba. No pretendía hacer su trabajo ni bien ni mal. Simplemente lo hacía. Transportaba. De A a B. De B a A. Sería absurdo felicitar a las letras por un poema o una frase brillante...

—Tú no eres el alfabeto, cabrón —cortarán tus interrogadores—. Como mucho una falta de ortografía. No intentes liarnos. Al pan, pan, y al vino, vino.

Entiendes que no entiendan. De un país y de un día para otro cambiaban los comportamientos, las caras, los acentos, los lugares de entrega, como si la ciudad entera se turnase para hacer el trabajo. Todo parecía concebido para que sólo se pudiesen decir vaguedades sobre ese tráfico de maletas. Aunque, reconocerás, tampoco Jacques hacía nada por saber. De la misma manera que el miope cree sentirse al abrigo de las miradas ajenas, Jacques veía en la ignorancia una niebla capaz de protegerlo. Sólo el instante cuenta, se repetía para no pensar a dónde le conduciría aquel negocio.

Por desgracia tampoco lograba creer en el presente. Observaba a los turistas en el centro de Madrid: lo fotografiaban todo con furia, como si una inminente catástrofe fuera a acabar para siempre con el espejismo de la ciudad. Sentado en cualquier café, Jacques procuraba concentrarse en el estudio del imperfecto de subjuntivo, o memorizar su lista de palabras intraducibles: "cundir", "desencuentro", "sobremesa". Al final siempre acababa por ceder al conjuro de la voz de Eusebio y partir en busca de los rastros de un mundo desaparecido.

El cine *Europa* se había convertido en una enorme tienda de sanitarios; el *Barceló,* en una discoteca de moda. En el solar donde estaba el *Universal* habían construido un moderno centro de *fitness* y *spa*. Por todas partes se derribaban los viejos interiores y se repintaban las fachadas, como si hubiera una conspiración para borrar las auténticas huellas del pasado, no la de los monumentos maquillados, sino las que crujen y huelen y duelen.

Acabó en la primera sesión de un viejo cine de la Gran Vía, un desperdicio de dorados y capitonés que, según anunciaba un cartel en la entrada, iba a convertirse pronto en la tienda de una marca que prometía "darte la moda que esperas". Jacques se sentó en un asiento lateral, lejos de las pocas cabezas desperdigadas que se intuían en el centro del patio de butacas. Ajeno a la pantalla donde volaban los coches y los cristales rotos, se abstrajo en la penumbra de ese gigantesco fumadero de opio donde un país entero había buscado el sueño y el olvido. Pensó en las mentiras que tendría que contarle de nuevo al viejo. Con discreción se metió la mano bajo el pantalón y entrecerró los ojos hasta resucitar el blanco y negro en la pantalla.

Cuando salió, antes de que la película terminara, tuvo la pegajosa sensación de no existir. Sus pasos se abandonaron a una imaginaria cuesta abajo que le condujo de nuevo hasta la *sex-shop Edén*. Atravesó salas donde no existía el día ni la noche, nunca llenas, pero tampoco vacías. Al entrar en el *peep-show* y aproximar su ojo derecho a la mirilla, un estremecimiento le devolvió a la vida. El escenario recordaba a una gran pecera sin agua. Jacques esperó largos minutos, sintiendo cómo su respiración empañaba el cristal de la mirilla y su corazón anticipaba los violentos compases de un tema de *rock*. Por fin la música inundó la cabina y una mujer entró en escena. Una mulata escultural y desganada. Sin peluca platino, ni ancla, ni deseo. En mitad de su interminable número se volvió hacia él, pero, a diferencia de la otra bailarina, no pareció verlo. Sus ojos miraron ausentes en su dirección, atravesándolo como si no fuera más que un espectro.

No aguantó hasta el final del espectáculo. Afuera era ya de noche. Al escuchar el eco de sus pasos contra la acera, le acometió la violenta necesidad de escuchar su propia voz. Se metió en la primera tienda que le salió al paso.

—Una cerveza fría, por favor.

—Aquí no vendemos bebidas —le contestó el dependiente con sequedad.

Jacques paseó la mirada por la hilera de botes de detergente y champús que le habían hecho pensar en una tienda de ultramarinos. Pensó en la evasiva cita que le había dado María José en las cocheras de Plaza de Castilla.

—Un perfume entonces.

—¿Para señora o caballero?

—Para señora.

Escogió al azar uno de los frascos del estante que el vendedor le indicó con displicencia. Al salir, miró la hora. Seis menos cuarto: tenía tiempo. Se introdujo en la vecina Casa del Libro y consultó un ejemplar del diccionario de la Real Academia. "Cochero, -a: persona que conduce un coche, normalmente de caballos. Sitio donde estos se encierran. Mujer del cochero".

Por suerte la gente de la calle sabía más que los académicos y, a la salida de la estación de Plaza de Castilla, no tuvieron problemas para indicarle la dirección hasta un gran hangar mal iluminado, sacudido por los quejidos de los metros que concluían su larga jornada. Al cabo de veinte minutos salieron los primeros grupos. Sólo la palidez le permitió reconocerla a la luz de las farolas, rodeada de otras tres mujeres mayores que ella. Llevaba un abrigo azul marino con el logotipo de la Empresa Municipal de Transportes. Al llegar a su altura se detuvo en seco.

—¡Coño! ¡El francés!

Siguió un momento incómodo. María José no lograba acordarse de su nombre y se vio obligada a presentarlo a sus compañeras como un "amigo que conoció en el cine". Ellas sonrieron, intercambiaron miradas cómplices, lo diseccionaron visualmente con avidez.

—Que lo paséis bien –dijeron al despedirse, sofocando a duras penas la risa.

En cuanto se alejaron, María José le dirigió una mirada cargada de reproche.

—¡Menuda campanada! Ya tienen comidilla para semanas, las muy víboras.

Jacques no supo qué responder. Metió la mano en el bolsillo de su chaqueta y le tendió la bolsa de plástico con el regalo. Al abrirla el rostro de María José se demudó.

—¡Un desodorante!

—No es un deodorante —corrigió Jacques—. Es un perfume para señoras.

—¡Qué perfume ni que niño muerto! —gritó María José—. Aquí lo pone bien clarito. ¿O es que además de guarra me estás llamando analfabeta?

Con un gesto brusco le devolvió el regalo, le dio la espalda y echó a andar a un paso tan rápido que a Jacques le costó seguir su ritmo.

—Se ha equivocado el mozo —aseguró entre jadeos—. Yo demandé un perfumé. Lo siento, yo...

Las excusas repetidas consiguieron detener a María José, aunque no borrar su expresión de cólera.

—¿Cómo coño se te ocurre? —preguntó.

—No fue de mi culpa —reiteró Jacques—. Si quieres me voy.

—Nunca pensé que vendrías. No te conozco de nada.

—Al principio todo el mundo no se conoce de nada.

—Mejor. La gente es muy cabrona.

—Vamos donde tú digas. Yo te invito.

—Me he pasado todo el día bajo tierra —respondió María José—. Necesito pasear. Estar al aire libre.

—Como quieras. Hace un poquito frío, pero...

Siguieron andando más despacio, a lo largo de una tapia erizada de cristales de botella. Cuánto más la observaba, mayor se volvía la perplejidad de Jacques. ¿Cómo había podido confundir a esa responsable funcionaria con una *showgirl*? Jacques intentó recordar los rasgos de la bailarina bajo la deslumbrante peluca platino. No lo consiguió. Más que el antifaz o la penumbra azulada del *Suez*, se lo impedía ese otro rostro que tenía delante, serio, cercano, nítido, como la luz que arranca de un sueño del que no se quiere despertar. Jacques tenía la impresión de que en cualquier momento María José iba a volverse hacia él y pedirle que le enseñara el billete con el que había viajado hasta allí.

—El frío de Madrid es muy suyo –dijo ella en un tono más conciliador–. De entrada parece puñetero, pero luego acaba desapareciendo. Como si se cansara. Te lo digo por experiencia.

Jacques asintió mientras procuraba disimular los escalofríos que le sacudían de arriba a abajo. Las calles estaban desiertas. Los semáforos cambiaban de color para nadie. Le preguntó por qué la ciudad estaba tan vacía. María José le contestó que había partido.

—¿Quién juega? –preguntó Jacques.

María José sonrió.

—Nunca pensé que un hombre me haría esa pregunta –dijo.– ¡Menos mal que no eres español!

Sintió el filo de las palabras antes que el pálpito de la herida en su conciencia. Ella no se dio cuenta. Como un niño que juega con un arma, pensó Jacques. Eso era ser extranjero: estar fuera del idioma, cortarse con los cristales de botellas que lo protegen y que los que viven dentro ni siquiera sospechan.

—¿Trabajas aquí desde hace largo tiempo? –preguntó Jacques para disimular sus sentimientos.

—Dos años. Todavía no soy fija.

—¿No eres funcionaria?

No logró reprimir la esperanza en su pregunta.

—¿Qué tiene de malo ser funcionaria? Se curra menos, se cobra más y encima no te pueden echar. No caerá esa breva.

La cosa está muy jodida. De momento hago reemplazos, sobre todo en horario nocturno. Una mierda. Ni siquiera da para llegar a fin de mes. Casi siempre tengo que hacer otras cosas.

—¿Cosas?

—Camarera, teleoperadora. Lo que salga.

Levantó el brazo y lo dejó caer con desánimo. El gesto le recordó a Jacques los movimientos de la bailarina, hipnóticos y levemente torpes, como los de una sirena aún no acostumbrada a su mundo subacuático. Quizás se equivocó al pensar que estaba equivocado. Quizás María José fuera *show-girl* de día y revisora de noche. Recordó la pequeña ancla tatuada en el sexo depilado y sintió el impulso de desnudarla allí mismo, de saber.

Junto a él María José lo miraba con la expresión de quien acaba de hacer una pregunta y aguarda la respuesta.

—¿Perdón? –balbució Jacques.

—Que en qué trabajas tú –repitió María José.

—Estoy en la exportación/importación.

En el tren, ante cualquier desconocido, Jacques habría inventado algo más interesante. Le asustaba la perspectiva de tener que serle fiel a la mentira semana tras semana, de fabricarse un rostro y una biografía de los que después no podría deshacerse.

—¿Ganas dinero?

—Ello depende. –En el acto Jacques rectificó. Le interesaba fingir–. Normalmente sí. Bastante.

—Y encima viajas. Los hay con suerte. Con todos los kilómetros que he hecho en el metro podría haber dado varias vueltas al mundo –se lamentó María José–. Es para tirarse de los pelos.

—No es tan importante, a mi parecer.

—¡Nos ha jodido! Tú porque vives en el extranjero.

—Para mí la Francia no es el extranjero.

—Lo mismo da. Está lejos de aquí. Con eso me daba con un canto en los dientes. Yo casi no he viajado. Por placer, quiero decir. El año pasado montamos un viaje organizado con unas amigas del barrio. Estábamos hasta los mismísimos de los tíos, de Madrid y de todo. Así que nada, cogimos y ancha es Castilla. Estuvimos en Roma, Florencia y Venecia. No me gustó demasiado.

—¿Por qué?

—Todo era viejo. No me gusta el pasado.

—El pasado es en todas partes.

—En algunas más que en otras.

—Entonces no te gustará París.

Ya sería menos, dijo María José. Una compañera suya estuvo ahí y vino diciendo que era una ciudad con bastante marcha, que había un barrio con rascacielos que parecía Nueva York. Eso sí, mucha torre Eiffel y mucha Monalisa, pero el metro andaba hecho unos zorros y hasta arriba de colgados. En todas partes cuecen habas. Si ella fuera a París, el metro no querría verlo ni en pintura. En casa del herrero… Mejor patearse la ciudad. A lo tonto se ahorra una pasta. Y no está el horno para bollos. Nunca le ha gustado ir a tiro hecho. Prefiere moverse a su aire, sin guías que le den la matraca. Fijarse en las pintas de la peña, ver por su cuenta cómo anda el patio: eso es lo suyo. Los museos, la verdad, ni le van ni le vienen. Nunca se las había dado de lumbrera. Aunque la mona se vista de seda…

Jacques siguió su monólogo fascinado, sin entender gran cosa. Observó cómo la lengua de María José, delicadamente granulada, ejecutaba con precisión los sonidos entre los labios carnosos: la rápida vibración ascendente y hacia dentro de la erre doble, el adelgazamiento de la punta entre los bordes de los incisivos para pronunciar la c de "cielo", la fricción con el velo del paladar de la imposible jota. Su manera de hilar las expresiones desconocidas le recordaba la hipnótica facilidad con la que algunas mujeres se movían por sus casas.

No sabrías decir cuánto duró aquel espectáculo. Era como si, de pronto, no hubiera más tiempo que el de la lengua, el del órgano húmedo que bailaba, fricatizaba, palatalizaba, el de las frases que reunían palabras latinas o medievales con otras nacidas ayer en un arrabal. En algún momento María José anunció que estaban en El Retiro y, al poco, alcanzaron el borde del estanque que Eusebio y sus amigos del *Suez* quisieron confundir con el mar. Del monumento blanco de enfrente, como de una costa exótica, llegaba el tamborileo hipnótico de decenas de jóvenes reunidos para tocar la percusión. Jacques volvió a pensar en el ancla junto al sexo de la bailarina.

—¿Te gustan los marinos? —le preguntó a María José.

—Si son guapos, sí. ¿A qué viene eso?

—¿Has estado en el mar? —insistió Jacques.

—¡Claro! ¿Por quién me tomas? He cruzado el Atlántico.

—¿Cuándo?

—Ya te he dicho que no me gusta hablar del pasado.

—Entonces no se puede hablar de nada.

—Si de verdad crees eso, eres como un fantasma —dijo María José. Jacques la miró sorprendido. Recordó la sensación de ser invisible que lo había atenazado hacía unas horas en la *sex-shop*. Un estremecimiento lo sacudió de arriba abajo–. Aunque, que yo sepa –añadió María José–, los fantasmas no tienen frío.

Adoptó una expresión traviesa que no le conocía. Al ver la perplejidad de Jacques, se echó a reír a carcajadas. Por un instante todos los prodigios se volvieron posibles: un mar en un estanque, África en Madrid, una adolescente en una mujer de treinta años que se retorcía con una risa infantil y contagiosa. Incapaz de resistirse, Jacques también rio. Era la primera vez en mucho tiempo. Puede que, en realidad, no fuera más que la tiritona reprimida; pero, en todo caso, de su boca salieron sonidos que lo aliviaron, que fueron como un brusco deshielo, y que ahora, en este triste bar de carretera, se superponen a los de los cubiertos que lava el camarero mientras observa con suspicacia tu rostro cubierto de hematomas, deformado por una incongruente sonrisa.

Amanece. No: son los faros de un camión. Aun así, ni tus interrogadores ni el día pueden estar muy lejos. Ni al día ni a ellos les interesan las treguas, los pocos oasis con que Jacques se topó en su larga travesía. Tendrás que saltarte la despedida de esa noche. Ellos no quieren escuchar el español de María José, sino la caída de Jacques. Y en eso tú puedes complacerles. Como le decía el guía del museo taurino a Jean-Pierre y su familia en la sexta lección del método: "los señores van a ir servidos".

VII

T RES SEMANAS DESPUÉS LE DIERON LA PISTOLA... VAS a necesitar más alcohol para contar lo que sigue. Levantas la mano para atraer la atención del camarero, a pesar del dolor en tu hombro. Sus ojos, al servirte otro vaso, brillan con la ironía rapaz con que la gente de su profesión suele observar a los borrachos. Y, sin embargo, tú estás perfectamente sobrio. Que lo digan ellos: de momento te has *debrouillado* bien con la historia. No, no se dice así. El verbo "debrouillar" no existe en español. Recuerdas que aprendiste la traducción un día de lluvia, con las palomas refugiadas en masa bajo los alerones del patio y una persistente resaca. Lección séptima, en las aduanas. Tejido. Tela. Algo relacionado con tejer, tejer y destejer un relato, coser y descoser el pasado. Tela. Trapo. La punta de la lengua quema, es como un trapo, trapecio donde se tambaleara todo el universo, tramposa trama de trasposiciones traicioneras. ¿Para qué perseguir una palabra en la que no repararán? Papa... Paño. Apañar.

Suspiras satisfecho. Nadie puede arrebatarte esa pequeña victoria lingüística. Te recompensas con un largo trago de *Veterano*. De momento te las has apañado bien, corregirás. Lejos de distraerte, la bebida te permite escapar del peso en tu bolsillo, del gemido de los trenes en la niebla. Sobre la superficie del líquido, los tubos fluorescentes agitan una sombra blanca: beber alcohol, beber recuerdos.

Una sombra blanca: Jacques la adivinó durante uno de sus viajes en el *Francisco de Goya*, les dirás, un destello luminoso junto a una casona olvidada en el páramo castellano. De pie, en el huerto, con un vestido que recordaba al de novia, una mujer recogía frutas cerca de un hombre que, desde la distancia vertiginosa del tren, parecía demasiado joven para ser el novio y demasiado viejo para ser el hijo. Jacques imaginó el placer de estar junto a esa desconocida bajo los pájaros y las ramas húmedas, sintiendo cómo el cubo en su mano se iba llenando de manzanas o peras que luego comerían a solas junto a la chimenea del gran salón familiar. La visión no duró más que unos segundos, pero el vestido blanco quedó flotando en el atardecer al otro lado de la ventanilla, como la promesa de un refugio, de una vida al abrigo de la vida.

Jacques nunca consiguió volver a ver esa casa. Puede que le tocara siempre del lado equivocado del tren, o que se distrajera en el momento decisivo. Quizás la imagen no fuera más que el fruto de una rápida cabezada. En los viajes en tren había momentos así, en los que el sueño y la vigilia se entrecruzaban como los cables de los tendidos eléctricos y de los que nacían visiones que no se habría podido tener en ningún otro lugar.

Añoró más que nunca ese refugio cuando, les repetirás, le dieron la pistola tres semanas después. Mediados de noviembre. Un hombre con las uñas mordisqueadas pasó a recogerle en coche a una esquina de la calle Barquillo. En cuanto Jacques montó en el Audi gris el desconocido le tendió unas gafas de sol envolventes. Se las puso sin hacer preguntas. Vio los dos círculos llameantes que suelen iluminar la oscuridad reciente; unos instantes después la penumbra seguía sin aclararse.

—No veo —dijo ingenuamente Jacques.

—Más te vale —respondió amenazante el conductor.

Jacques se reclinó contra el respaldo. Algo había hecho mal, se dijo; de lo contrario no lo llevarían a ciegas, sin una sola explicación. Repasó los últimos días, buscando la causa de su caída en desgracia. No había perdido de vista la maleta ni un solo segundo. El tipo que se la dio el día anterior en París le pareció algo nervioso. Por lo demás, la entrega se había desarrollado sin problemas. ¿Y él? Había matado el tiempo en el *Patria Querida*. Había ido a una biblioteca municipal con libros en español para apuntar vocabulario. Se había acercado al casino *Paradis Latin*. ¿Sería eso lo que le reprochaban? ¿Dejarse ver? ¿Tratar de divertirse un poco? Jacques buscaba en vano las razones del castigo, igual que cuando su madre lo encerraba en su cuarto con cualquier pretexto inverosímil.

El hombre sintonizó una emisora deportiva. Jacques temió que las declaraciones de un jugador del Villarreal fueran las últimas palabras que escuchara antes de morir. En la negrura oía perfectamente su pulso, y también, eso le pareció, la circulación de la sangre y los jugos gástricos, el crujido de las tripas y los esfínteres. Muy pronto toda esa pesada maquinaria sería aniquilada por un simple movimiento del dedo índice, arrojada a lo hondo de un barranco o de un tanque de cal viva. ¿Cómo era posible que no hubiera una desbandada de todos sus órganos, que sólo su corazón y su vejiga reaccionasen? Cada uno de los instantes pasados entre el tráfico madrileño fue largo como un minuto de silencio.

El coche se detuvo.

—Abajo, cabrón.

Las piernas le fallaron. El conductor lo levantó del suelo con una maldición. Por el olor a humedad y el eco de sus pasos Jacques comprendió que estaban en un aparcamiento subterráneo. Escalones, puertas y más puertas con su música de cerrojos. Luego, la liberación:

—Quítatelas.

Lo deslumbró una luz negra de discoteca que convertía los cuerpos en cadáveres bronceados. Cuadros y estatuas apoyados contra las paredes. Pelucas, pistolas y móviles en una mesa. Olor a queroseno. En su recorrido por los pasillos de techos asfixiantemente bajos Jacques y su acompañante se cruzaron con dos mujeres medio desnudas. Al fondo, en una claustrofóbica habitación, los recibió un cuarentón repeinado, con una gran medalla de una virgen rodeada de lo que parecía una vagina en llamas. Bajo los neones su dentadura y su traje de primera comunión cegaban con un blanco radiactivo.

—Estamos contentos contigo –le dijo, después de haber despedido al conductor, moviéndose nervioso por el zulo–. Soluciones simples en un mundo complejo: ese es el *challenge*. La maleta, el tren, tú, un tipo normal, como tú y como yo… Funciona. ¿Sabes cuál es la pizza más vendida en el mundo? La margarita. Ni la caprichosa, ni la hawaiana, ni la cuatro estaciones. La margarita: queso y tomate.

Sonrió satisfecho mientras jugueteaba con la correa dorada de su reloj. Sus manos empezaron a agitarse en el aire, como si quisieran apartar los hilos de una intrincada madeja.

—Cuando el éxito te sonríe, el enemigo llora. Todo es cuestión de *management* y el *management* es una guerra. Si estás cerca del enemigo, hazle creer que estás lejos; si estás lejos, que estás junto a él. Cuando uno gana la batalla todo el mundo quiere su parte del botín, incluso quien no estaba en el trato. Y eso ya no. Porque al que tiene, se le dará; pero al que no tiene se le quitara aun lo que tiene. –El hombre besó la medalla y luego añadió–: ¿Tú con quién estás?

Jacques estaba dispuesto a escuchar una larga lección de sabiduría empresarial. Aquella pregunta directa lo cogió desprevenido.

—Mis padres eran españoles. Yo soy francés, pero...

Su interlocutor sacudió violentamente la cabeza.

—Me importa una mierda quién *eres*. Cualquier pobre gilipollas es algo. Quiero saber con quién *estás*.

A Jacques le habría gustado fingir que no entendía, escudarse en la pesadilla gramatical de esos dos verbos que ocupaban tantas páginas del método.

—Solamente realizo mi labor –tartamudeó.

—O estás conmigo, o estás contra mí –proclamó el hombre sin escucharle–. ¿Quién lo dijo? ¿Napoleón? ¡Qué coño importa! Ahora lo digo yo. –Se agachó hacia un cajón del escritorio, del que sacó un sobre mucho más abultado de lo habitual–. Voy a ayudarte a tomar una decisión. Necesito que tú me ayudes también. Toma y daca...

A Jacques no le dio tiempo a lamentar la ausencia de su libreta de vocabulario. Tuvo que aceptar el sobre y meterse los mil euros en el bolsillo de su chaqueta.

—¿Sólo mil euros? –interrumpirán ellos, incrédulos.

Puede que les parezca un precio demasiado bajo para comprar la fidelidad. Por si acaso, multiplica la cifra: seis mil euros a cambio de información, seis mil euros que, en esas circunstancias, les explicarás, era imposible rechazar. En cuanto Jacques guardó el dinero, el Empresario –de alguna manera tienes que llamarle– ametralló a Jacques con preguntas acerca de las entregas en París. ¿A qué hora le dieron cita? ¿Cuántos eran? ¿Iban armados? Curioso que ese interrogatorio fuera idéntico al que ellos te harán dentro de nada, pensarás sin decirlo, como si la ley fuera una vía de tren que divide en dos un mismo paisaje. Jacques trató de responder lo mejor que pudo, orientándose en la confusión de sótanos, áticos, hangares, trastiendas, de acentos cantarines, ásperos, duros, seseantes.

—Sí, ya, esos son de los nuestros, vamos, sigue, ¿qué más? –interrumpió varias veces el Empresario, impaciente con la marcha de su relato.

¿Los nuestros? ¿Los suyos? Jacques había creído que la frontera entre ambos era geográfica. Por lo visto, las cosas no resultaban tan sencillas: si el Empresario contaba con hombres en París, entonces los otros, quienes quiera que fuesen, también debían de tener infiltrados en Madrid. Eso suponiendo que fuera el Empresario quien los dirigiese y no estuvieran a las órdenes de un personaje más poderoso, más oculto, aquí, allá, en cualquier otra parte. ¿Y Jacques? ¿A quién servía, obedecía, traicionaba?

La cabeza le daba vueltas, igual que después de sus sesiones de gramática. Cada una de las preguntas del Empresario era un empujón que lo magullaba contra formas incomprensibles. Jacques procuró mantener la calma y seguir narrando. Sentía que su vida estaría a salvo mientras tuviera algo que contar. Puede que, llevado por ese presentimiento, añadiera uno o dos detalles de su invención.

El Empresario lo miró con una sonrisa peligrosa.

—Escucha, amigo. Yo no soy uno de esos comemierdas del tren a los que les puedes hablar de tu hijo y de tu mujer y de tu bonito trabajo de ingeniero y de no sé qué más mamadas –Jacques lo observó horrorizado. Alguien lo había espiado en el compartimento del *Francisco de Goya*. ¿El cirujano pelirrojo? ¿El bizco de la ONG?–. Antes de volver a abrir esa bocaza tuya –prosiguió el Empresario– jura sobre la Santa Biblia decir la verdad. –Imitó con su mano la forma de una pistola y se la llevó a la sien–. Sólo conozco una manera de saber qué tiene dentro de la cabeza alguien que se empeña en mentir.

Jacques no tragó saliva; fue la saliva la que le tragó a él, una marea de pánico frío y pegajoso que resbaló de su boca al resto de su cuerpo. Tenía que encontrar algo que le interesara al Empresario. Entonces recordó los retazos de conversaciones acerca de los cabrones de Sinaloa y de "El Madre".

—¿El Madre? –preguntó el Empresario–. ¿Quién coño es?

—Por el modo cuyo hablaban de él parecía alguien de importante –balbució Jacques–. Dijeron que estaba exigente. Que había que verificarlo todo con atención para satisfacerle.

El Empresario quiso saber exactamente dónde y cuántas veces había oído ese nombre, quién lo había pronunciado.

—Ya dije a usted yo que no le sé –estalló Jacques, agotado–. Fue en otra habitación. Había un muro. No tengo rayones x en los ojos.

El Empresario calló. En el silencio casi se oían las contracciones de la nariz, de la boca, de los ojos, que parecían ir a parir allí mismo un nuevo rostro.

—¿Sabes jugar al billar a tres bandas? –Jacques negó con

la cabeza mientras el Empresario volvía a agacharse hacia uno de los cajones del escritorio–. Es difícil de cojones…

Cuando volvió a incorporarse, brillaba en su mano una automática de verdad. Las manchas de sangre no se quitan, pensó Jacques, con la ciega esperanza de que el Empresario evitaría volarle la cabeza allí mismo para no estropear el blanco impoluto de su traje.

—Crvena-Zastava 70 –dijo mientras comprobaba el cargador–. Con monadas como esta se cepillaron a los moros allá por Yugoslavia. Es muy sencillo, mira. –Realizó una serie de gestos que a Jacques le parecieron tan irrepetibles como los de un prestidigitador. Luego vació los cartuchos sobre la mesa y le ofreció la automática descargada–. Vamos, no muerde.

Jacques recogió el regalo que el Empresario le tendía. Fue como si una serpiente de piel fría culebrease desde sus dedos hasta el final de su espinazo. Habría querido tirarla al suelo, dejar que regresase cascabeleando hasta el regazo de su encantador. En lugar de eso, se la metió obediente en el bolsillo.

—Tú, la maleta, como si fuera una hermana: se mira, pero no se toca. Mantén los ojos bien abiertos. La semana que viene te daremos las balas y un encargo.

Jacques asintió, sin moverse de la silla. El Empresario tuvo que hacer un gesto con la mano para hacerle comprender que la entrevista había concluido. Con algo parecido a un saludo Jacques abrió la puerta del despacho y se perdió de nuevo en el pasillo habitado por un trajín de sombras humanas cuyos dientes, flotantes en la luz negra, recordaban un infernal anuncio de dentífricos.

El chofer lo esperaba en la puerta con las gafas en la mano. Le obligó a llevarlas hasta llegar a la misma esquina en que le había recogido. Jacques se movió hacia el aire y la luz de la calle, pero el hombre le agarró por el brazo.

—Se te olvida algo, amigo.

Sintió en su mano el roce del asa de cuero. Sobre el adoquinado de la acera, las ruedas de la maleta resonaron como una cadena de grilletes. La pistola abultaba en su pantalón igual que un segundo sexo, sólo que frío, siempre duro, hecho no para dar la vida sino para quitarla.

VIII

Entonces pensó en huir, les jurarás. Esa tarde, en la cafetería de Chamartín, dudó hasta el último momento. Habría dejado que el tren se fuera de no ser por la maleta: sabía que sus dos destinos estaban unidos a fuego. Mientras se sucedían los avisos por los altavoces, Jacques observó el vaivén de los pasajeros. Por su manera despreocupada de hablar y de moverse se veía que no pensaban en el equipaje que empujaban. Ropa, libros, *souvenirs*: perder aquello no significaba más que un molesto contratiempo. En cambio el contenido de la Samsonite valía más que su propia vida: mientras la llevara consigo su única misión era cuidarla. No era Jacques quien transportaba la maleta, sino esta la que le arrastraba historia abajo, al igual que en esas pesadillas recurrentes en las que un peso muerto lo abocaba a un precipicio donde caía y caía durante horas hasta despertar en la litera del tren con un grito en los labios.

—¿Y después de realizar la siguiente entrega? –te preguntarán–. ¿Por qué Jacques no se largó entonces?

Por supuesto que consideró esa posibilidad. A lo largo del viaje dio vueltas a las distintas maneras de justificar su decisión. Repasó las fórmulas de excusas que ofrecía la lección

octava del método: "lamento comunicarle", "desafortuna-
damente no estoy ya en posición de"... ¿A quién decírselas?
¿A los peleles que recogían las maletas de sus manos? ¿A sus
superiores, escondidos en los cuartos contiguos, simples
ejecutores de un arriba de vértigo? Aquel gran engranaje
lo aplastaría a la menor desviación. El Empresario tenía razón: participaba en un billar a tres o más bandas, sólo que
él no era un jugador, sino la bola.

Había, además, otra razón más secreta que quizás te con-
venga callar. No, no el dinero, no sólo: eso no es un secreto
para nadie. Dejar entonces el trabajo habría supuesto también interrumpir los frecuentes viajes a Madrid, frenar sus
progresos lingüísticos, renunciar al enigma de María José.
París había muerto. Su yo francés había reventado de calor
durante el verano. A partir del momento en que regresó al
Patria Querida, la única vida que contaba era la que no había vivido en España, esa misma que se le entreabría en las
historias de Eusebio, en las palabras que su madre le había
negado y que ahora iba reconquistando.

Aquí tendrás que prescindir de una anécdota que ellos
no entenderían, pero que a Jacques no dejó de obsesionarle.
Ocurrió al final de su encuentro con María José en la cafetería *Nebraska.* Desde su conversación en el Retiro no había
vuelto a verla. La había llamado decenas de veces al número
de móvil que ella le dio al despedirse; la había buscado día
tras día en la penumbra del *Edén.* Incluso se había atrevido
a preguntar al empleado de la *sex-shop* si conocía a una bailarina con peluca platino llamada María José. El empleado
se había reído en su cara: todas las chicas usaban peluca y
nombres falsos.

¿Por qué ella le evitaba? ¿Había tenido miedo de la fuerza

inesperada que parecía querer unirlos? Después de dos semanas de darle vueltas a esas preguntas, María José respondió por fin a su llamada. Le dio cita en un local de estilo americano, no muy lejos del *Edén*, con tubos fluorescentes, asientos de *sky* y mesas de formica. Cuando Jacques llegó, diez minutos antes de la hora, ella ya estaba allí, muy seria, decidida a poner las cosas en su sitio, como rezaba la expresión española.

—Ya no tengo edad para chiquilladas —le avisó inmediatamente después de los saludos—. Dime de una vez qué quieres de mí.

La brutalidad de la pregunta le cogió completamente desprevenido. No podía decirle: quiero saber si trabajas en una *sex-shop*; quiero saber si tienes un ancla tatuada en el sexo. No lo habría entendido; ni el propio Jacques sabía qué perseguía al querer saber, y menos aún qué haría si alguna vez conseguía su objetivo. Aun así tenía que responder algo. No se le ocurrió otra cosa que sacar de su bolsillo el cuaderno de ejercicios.

—Tengo una serie de dudas gramaticales —María José pareció desconcertada—. No comprendo bien la utilización del pretérito indefinido y el perfecto compuesto.

—¿El qué? —preguntó María José, cada vez más confusa.

—"Amé" y "he amado" —aclaró Jacques.

—Ya. Un romántico. Se te ve el plumero. Mira, yo, a estas alturas, el amor ni loca. Con todo lo que he sufrido por su culpa...

—Ahí, por ejemplo —interrumpió Jacques—. ¿Por qué empleas "he sufrido" y no "sufrí"?

—Porque es la verdad.

—¿No puedes decir: "Con todo lo que sufrí por su culpa"?

—Por poder, sí. Suena raro.

—Pero ¿por qué?

—Yo que sé. Pregúntaselo al grillado que inventó el español —María José sorbió los últimos restos de su copa y se quedó un momento pensativa—. "Yo sufrí" es como si fuera más vieja de lo que soy. Como si estuviera a punto de irme al otro barrio y recordara los tiempos de Maricastaña.

Jacques la miró perplejo.

—Mi libro de gramática declara que el pretérito perfecto compuesto designa el presente del pasado, una acción con consecuencias en el momento actual.

—Si ya lo sabes, ¿para qué me lo preguntas?

—Porque no lo comprendo bien —explicó Jacques—. La frontera entre el pasado y el presente está difícil. ¿Si dices "he sufrido" quiere decir que sufres?

—Quiere decir que he sufrido y ahora no. Bueno, sí. Un poco. Como cuando te queda una costra después de hacerte una herida. —De pronto María José se echó a reír—. Mira que eres retorcidito, hijo.

La imprevista discusión gramatical la había puesto de buen humor y resquebrajado su frialdad inicial. Se puso a hablarle de los pasajeros de la línea uno, de cómo después de dos años de trabajar de revisora había aprendido a encasillarlos en categorías: los que llevaban corbata y los que no; los que se miraban los zapatos y los que miraban su reflejo en las ventanillas; los que leían los periódicos gratuitos y los que los convertían en un canuto entre sus manos.

—Pues fíjate que no sé en cuál encajarías tú. Todavía no te tengo calado —dijo—. No eres como los demás.

—¿Ello es bueno o malo?

—No lo sé. Y no estoy segura de querer saberlo.

Siguió contándole acerca de sus compañeras de trabajo, de las excusas que ponían los pasajeros sorprendidos sin billete. Se veía que tenía necesidad de desahogarse –no hablaría mucho en el metro, ni tampoco en la tarima del *Edén*. A veces se dejaba ir y su monólogo la acercaba a la frontera del pasado prohibido. Entonces María José se interrumpía, retrocedía, callaba unos instantes antes de volver a desandar el camino hacia el presente sin peligro.

Jacques habría podido quedarse horas escuchándola. Envidiaba su manera de habitar la lengua, con tanta naturalidad como las calles y las cafeterías de su ciudad natal. El revoloteo de sus palabras se confundía con los primeros efectos del alcohol. Afuera, en la Gran Vía cómplice, los neones publicitaban el atardecer. Jacques le propuso ir a otro bar, pero ella insistió en que tenía que irse:

—Mi hijo es muy quisquilloso. No le gusta que llegue tarde a casa.

Jacques no logró disimular su sorpresa.

—¿Un hijo? ¿Qué años tiene?

—Diecisiete. –María José interpretó sin dificultad su mirada–. Lo tuve muy joven. Es ya un hombretón hecho y derecho. Está un poco enmadrado, qué se le va a hacer. Ahora, no te vayas a creer que es de la acera de enfrente. Cuando se pone bravo en el barrio no hay quien le tosa. Me tiene preocupada. Últimamente anda saliendo con unos macarras que me dan muy mala espina. Con tal de que no se meta en las drogas… Le faltó un padre. Los psicólogos dicen que los hijos únicos huérfanos de padre son los más conflictivos.

—No hay que creerlos a pies juntillas.

María José sonrió.

—"A pies juntillas": hacía la tira que no oía esa expresión.

En cuanto volvió a la pensión Jacques repasó los cuadernos donde iba apuntando el nuevo vocabulario. "Pies de plomo", "pie del cañón", "pie con bola", "pies en polvorosa"; ni rastro de "a pies juntillas". Si María José nunca había utilizado esa expresión, ¿de quien podía haberla aprendido? ¿De un paseante anónimo? ¿De sus tías, con dos años, en Malpartida de la Vega? ¿O de la voz de su madre al otro lado de la pared de su cuarto, o del útero? De nuevo la sospecha de que el español no era una lengua extranjera, sino una lengua olvidada, de que la segunda vida que resucitaba en Madrid no estaba a mil kilómetros de su ciudad natal, sino enterrada en lo más profundo de su memoria, en la parte más verdadera de sí mismo.

Fueron ideas como aquella, y no el dinero, las que le permitieron seguir adelante y tolerar su reflejo cuando, de nuevo en París, después de entregar la maleta en un sótano de Menilmontant y de cambiarse en su piso los calzoncillos mojados por el miedo, volvió a encontrarse ante el gran espejo del *Patria Querida*. Toda su vida había despreciado a aquellos fantasmas malhablados que se emborrachaban entre las sombras de un país que ya no existía. Ahora era uno de ellos. Los escasos supervivientes lo saludaron con un afectuoso e irreconocible *"bonjour"*, lo arrastraron a conversaciones adulteradas sobre el último torneo de mus y la subida de las pensiones. Entre ellos estaba el Pupas, quien siempre presumía de las cifras de su historial médico: treinta y dos operaciones, trece cicatrices, cinco colonoscopias. O Macareno, quien sufría a diario para terminar el crucigrama del *ABC* del día anterior, que robaba en la biblioteca municipal. "Den vueltas en redondo las naves", "ave trepadora sudamericana", repetía tinto tras tinto, con creciente desesperación.

Jacques había llegado a identificarse con el ritmo de aquel bar: ni lento ni vertiginoso, el paso seguro de la ruina. Aquel día, veinticuatro horas después de la conversación con el Empresario, comprendió que ya no podía esperar. Nada le aseguraba estar allí la semana siguiente para ver cómo seguían agrietándose las caras y el enlosado; el recuerdo del contacto gélido de la automática, escondida con nerviosismo en un cajón de su apartamento, devoraba el tiempo con la idea de la muerte. Tenía que saber ya mismo, antes de que fuera tarde. Por eso, en cuanto volvió a encontrarse cara a cara con Eusebio, le lanzó la pregunta que hasta entonces había insinuado sin atreverse a formular:

—Conociste a mi padre, ¿verdad?

En la penumbra del almacén no siempre era fácil distinguir los gestos de los recuerdos. A Jacques le pareció que Eusebio sonreía.

—Mi madre decía que erais amigos –insistió Jacques, temiendo que el viejo pudiera escamotear la respuesta.

—Un amigo es alguien que viene a tu enterramiento –dijo al fin Eusebio–. Y tu padre no vendría, mismo si lo pudiera. Tampoco haría falta. Viene a mis sueños.

El viejo se detuvo y Jacques se sintió dolorosamente suspendido en el vacío; la inercia le había llevado a anticipar frases que quizás nunca fueran pronunciadas.

—Fue otra cosa, Jacques. Algo de más fuerte, de más jodido. No soy maricón. No sé. Las pierdo de más en más…

—¿Qué?

—Las putas palabras. Ni amistad, ni amariconamiento. *Va savoir.* Puede ser que no existe. La palabra, digo. Lo nuestro existió. Tú me puedes creer.

Con un movimiento de la silla de ruedas se acercó a una

pila de latas y se dedicó a tantearlas, como si buscara allí la palabra que faltaba.

—Nueve años teníamos, Jacques. Internado de los padres salesianos, Ronda de Atocha 27. Ochenta años es poco para olvidarlo. Harían falta varias vidas. ¡Curas cabrones!

Abrió una lata de salpicón y, después de servirse con su mondadientes, se la tendió a Jacques, invitándole a tomar fuerzas para una larga excursión por el recuerdo.

—Cuando arribaba un nuevo interno, los curas le demandaban qué plato no le gustaba. "La coliflor", decía el *malheureux*. Los curas hijos puta le enfermaban en su cuarto con un plato de coliflor. Días enteros. Hasta que el niño la devoraba, muerto de hambre. Así nos acogían, *les salauds*. Jamás me olvidaré el padre Poblet. Nos ordenaba hacer nuestras camas. Luego arribaba con una moneda y la hacía caer sobre la sábana. Si no rebotaba, nos daba un capón con unos dedos que eran como el hierro y nosotros debíamos rehacerla desde el *debut*. "Las sábanas tensas y firmes como nuestras almas", repetía el *fils de pute*. Tu padre y yo restamos cinco años en el mismo dormitorio. El "Uña" y el "Carne" nos llamaban. Yo, por gordo, era "El Carne", bien seguro…

Si logras hablar como Eusebio, ellos no pensarán en interrumpirte. Para escucharla, uno debía acercarse a aquella voz, como al borde de un precipicio, y antes de darse cuenta resbalaba y caía dentro sin remedio. El Uña y El Carne. Las travesuras y los castigos compartidos. El contrabando de cromos y cigarrillos. Las escapadas clandestinas a los cines y a la Casa de Fieras.

—Íbamos con el Tico, Sandoval, el Piojo. Íbamos los domingos, los días feriados, cada vez que nos podíamos escapar. Las cajas de animales estaban en El Retiro. Montábamos por Alfonso XII y enseguida allí estábamos. Cada uno de nosotros tenía su animal preferido. El mío era el tigre. Venía de la Guinea. Decían que dos hombres eran muertos cuando lo cazaron. Tenía una mirada que te rentraba hasta el alma. Era bello, mas peligroso. De igual que Aneto, el oso. Al Catalán, el vigilante, un día le arrancó la cabeza. Se escapó y anduvo un día suelto por el parque. Tuvieron que matarlo. Pizarro, el elefante, contaba las zanahorias con la trompa. Le daban zanahorias y él con la trompa las contaba. La más inteligente era la mona Cora, la favorita de tu padre. A nosotros nos conocía. Le dábamos pipas y ellas nos mostraba el culo. Había las llamas, los leones, la hiena, los pájaros. Y Paco, el dromedario. *Le pauvre*, tan viejo que ni moverse podía. Nosotros le amábamos bien. "Paco, Paco, no te nos mueras / pronto ya una cena te espera…"

Siguió tarareando la canción, o la plegaria, o lo que fuera. Por un momento, fue imposible saber si el viejo hablaba o cantaba. Jacques hizo un esfuerzo para deshacerse del hechizo de esa voz.

—¿Por qué os peleasteis entonces? Mi madre me ha dicho una vez que ya no os hablabais.

Eusebio escupió su mondadientes al suelo.

—La política, Jacques. La zorra de las zorras. Voy darte un consejo, el mismo que le di a tu padre: jamás te metas en política. La democracia, pues la democracia. La Unión Europea, pues todos a hacernos los suecos. Tu padre, él, no me escuchó. Yo le previne, mas no sirvió a nada. Comenzó a frecuentar a los comunistas. Unos indeseables. Hijos de puta ilusos, los peores. A finales de los cuarenta *ça ne rigolait pas*. Había asesinatos, maquis. Un día le dije que si habían perdido una guerra de tres años, no iban ganar con crímenes y reuniones clandestinas de *rien du tout*. Se puso en cólera. Me llamó vendido, maricón. Cosas duras, Jacques. Cosas difíciles a olvidar.

Su tono se había hecho más agresivo, como si, más de cincuenta años después, reviviera la escena de la separación con la misma intensidad. No fue más que un momento: enseguida pudo permitirse la barata sensatez que merecen las cosas que ya no importan.

—Lo regreto. Debí guardar la cabeza fría. Era un tipo bien tu padre, Jacques. Los tiempos no eran fáciles. Ahora me pesa mucho. Todos los dos estábamos en el mismo bando: el de los jodidos. Las pasamos putas pendiente la guerra, no puedes mismo ni imaginarte. La mayoría de los escolares partieron con sus familias. Las nuestras estaban en zona nacional y nada hicieron tampoco por recuperarnos. Una boca menos, en fin de cuentas. El colegio estaba casi vacío, mas no por eso había de qué comer. Con la cartilla de racionamiento los republicanos cabrones daban menos comida a los curas. Y los curas cabrones guardaban la mejor parte. A nosotros nos dejaban justo las pieles de las patatas, fritas en aceite viejo. Piel de patatas, con suerte patatas y lentejas. Y gatos. Nosotros mismos los matábamos y nos metíamos en la cocina para prepararlos. Me recuerdo que uno venía de comerse una rata. Con rata y todo dentro nos lo comimos, Jacques. El hambre es la más fuerte, siempre. Desde entonces juré que cuando todo el burdel de la guerra acabara, nunca más volvería a pasar hambre. Nunca. Y he tenido mi promesa.

La voz de Eusebio se volvió dura, ahogada, como si todo el vacío que necesita el sonido para propagarse se hubiese llenado con el odio fanático de la miseria. Jacques comprendió que sólo esa obsesión había podido sostener los cien kilos de carne del viejo a lo largo de ochenta años de egoísmos y cálculos. La ruptura con su padre, el castigo a su madre eran sin duda accidentes menores en una larga serie de víctimas que Jacques desconocía.

—El otoño del treinta y seis fue más largo que una vida. Las hojas en los árboles duraron más que muchos *malheureux*. Algunos murieron mismo mientras cagaban. Yo vi a un tipo rojo de sangre, sentado todavía en el retrete de un batimento reventado por las bombas de los alemanes cabrones. Cómo sonaban, Jacques. Era oírlas y la guerra misma te rentraba hasta el fin fondo del estómago vacío. Era como ser violado por los oídos, *je te jure*. Mismo ahora las oigo en sueños.

Se detuvo un momento, como si esperase de nuevo el estruendo de los aviones. Sus dedos estaban crispados en torno a la toalla que le cubría las piernas.

—Nadie se ocupó de llevarse los animales. Allá mismo los abandonaron, bajo los bombardamientos. Nosotros pensábamos mucho a ellos. En el internado o en el refugio, imaginábamos la mona Cora, Paco o el tigre. Los domingos, de que podíamos, íbamos al parque y saltábamos la verja. ¡Desgraciados! Flacos, de más en más flacos, como alfileres. Al *debut* les llevábamos trozos de pan duro y de carne que robábamos del comedor. Luego ya los guardamos para nosotros. Paco fue el primero a morir. Lloramos delante su cuerpo todo cubierto de formigas. Ni siquiera lo salieron de la jaula. Ahí solo se pudrió, el *malheureux*.

Ahora como entonces las imágenes empiezan a desgajarse de las palabras y flotar en el aire resobado del *Patria Querida* y de este otro bar perdido en la niebla. Jaulas inundadas de mierda. Bestias furiosas golpeándose contra los barrotes. Encías de mono saludando enloquecidas a las alarmas aéreas. Asco, fascinación en ojos de niño.

—Nadie limpiaba. Tan mal sentía que mismo la nariz había que taparse. Los animales estaban en puros huesos. A más flacos, más humanos parecían. Los monos ya no montaban a las ramas. Se quedaban en las esquinas, apretados unos a otros. Gemían y era como si parlaran, como si nos demandaran ayuda. Las fieras eran solamente costillas. Los ojos les crecían. Día a día se volvían más grandes. Mismo de noche nos seguían. El hambre no nos dejaba dormir y veíamos los ojos delante nosotros, brillando en lo negro. Tu padre, sobre todo, se sentía culpable. Quería salvarlos, mas olvidaba que nosotros también estábamos presos. Robó restos de alimentos de la cocina. Lo castigaron a dos semanas sin salir. Creían que lo había hecho por hambre, mas no había pensado solo a él, sino también a los animales que morían. Un día...

Eusebio dudó. Tú también dudas ahora, tus manos se agarran con fuerza a la barra del bar.

—Era domingo. Cuando saltamos la valla todo estaba más calmo que de habitud. Las fieras no rugían. Sólo se entendía el ruido de las moscas y el olor, el puto olor más fuerte que jamás. No restaban monos. Habían desaparecido. También la mona Cora. Tu padre comenzó a llorar. Yo ensayé de consolarlo. Nos acercamos a la caja del tigre. Era la primera vez desde semanas que estaba tumbado. Al oírnos, tornó la cabeza. Lento, *je sais pas*, como alguien que hace una siesta. Tenía el hocico rojo, los ojos medio cerrados de gusto, un trozo de tela en el mostacho. Alrededor de él, huesos, sangre. En el rincón... un zapato, Jacques. Un zapato.

La de Eusebio, la de Jacques, la tuya: todas las miradas encajadas como el pie ausente en la imagen de ese objeto demasiado reconocible entre la sangre y las cagadas de tigre. —¿Nacional? ¿Republicano? –se preguntó Eusebio–. Era igual. Solamente palabras, las mismas que perdieron a tu padre. El tigre no entendía nada a eso. Para él era sólo carne. Carne en tiempos de hambre. Tu padre cerró los ojos. Vomitó, o eso quiso. No tenía nada dentro. Yo no pude retirar la mirada. Comida, Jacques. Antes que a parlar, la boca sirve a comer. Comer o ser comido, *c'est tout.* El tigre comía. Yo lo envidié: esa es la verdad.

Eusebio cubierto de sangre, con la boca llena de carne humana: ante esa imagen una náusea inundó el estómago de Jacques y el amago de vómito se intensificó con la idea de que esa arcada era lo único que había compartido con su padre ausente...

IX

—¡C<small>UIDADO</small>!

La voz estalla en la oscuridad, un obús entre los susurros del recuerdo. Entreabres los ojos y distingues junto a ti un rostro borroso. Ya están aquí, te dices con una mezcla de miedo y alivio. Los estaba esperando, vas a decir, las cosas no son como ustedes creen, Jacques no es un asesino, ya sé, hay indicios, pruebas, pero no se engañen, ustedes quieren la verdad, ¿no?, pues vean, verán, permítanme explicarles… Las palabras se apelotonan contra tus labios, palpitando como animales histéricos. De pronto comprendes que el relato que ellos oirán será muy distinto de este que tratas de ordenar en tu cabeza; tan distinto como la simulación de un incendio del pánico real de las llamas.

—Ese brandy es muy traicionero, se lo digo por experiencia. Le recomiendo que no beba más si no quiere acabar mal.

Reconoces la cara abotargada del camarero. ¿Llegarán de verdad? Empiezas a preguntártelo mientras mascullas que te encuentras perfectamente —no ha sido nada, apenas un mareo—, encargas otro *Veterano* —nadie va a decirte a estas alturas cómo ni cuánto tienes que beber– y te instalas cojeando en la mesa más alejada de la barra. Tienen que venir, no hay alternativa, hasta un niño sabría seguir las huellas entre las vías. Puede que ahora mismo estén ya fuera del bar, dejando que te ablandes en la incertidumbre, sometiéndote a la dura tortura de ti mismo.

Paciencia. Si Jacques esperó casi cincuenta años para saber algo sobre la infancia de su padre, ¿qué significan unos cuántos minutos más? Deberías decirte que a veces la espera puede ser incluso agradable, como, por ejemplo, esa mañana de finales de noviembre en El Retiro, cuando Jacques casi llegó a desear que María José se retrasara para seguir disfrutando de las nalgas bamboleantes de las corredoras de fondo, de las hojas de otoño donde se volvía miel la luz. ¿Belleza? Con las palabras pasa al revés que con la ropa, se te ocurre: a medida que uno crece utiliza palabras más pequeñas y ceñidas a las cosas. Ni belleza, ni amor, ni felicidad; sólo el cucurucho de castañas asadas que María José sostenía en sus manos cuando por fin apareció, el mismo jersey ajustado con el que la había conocido el primer día.

—¿Sabes dónde está la Casa de Fieras? –le preguntó Jacques.

—Ni idea.

En el paseo que bordeaba el estanque estaban instalados una docena de videntes con nombres inverosímiles. María José se acercó a la mesa de la profesora Pipiette Soleil, muy erguida en su silla plegable, con el pelo teñido y las manos cargadas de sortijas. Jacques vio cómo le preguntaba algo y la vidente sacudía la cabeza. Al volver junto a él, María José apenas podía contener la risa.

—¡Qué país! ¡Ni los adivinos hacen su trabajo!

No importaba pasearse sin rumbo, perderse siguiendo las líneas del destino que dibujaban los regueros de hojas muertas. En el fondo de la mañana, detrás del viento, se intuía el murmullo del tráfico. La ciudad estaba ocupada y les volvía la espalda. Aprovechándolo, ocupaban el espacio gorriones, desempleados, bebés, criaturas que solía ahuyentar su mirada violenta.

—¿Nunca quisiste tener hijos? –le preguntó María José, mientras pasaban junto a un terreno de juego lleno de gritos de niños.

—No habría sabido en qué idioma hablarles.

—¡Qué más da! En francés, en español. O en los dos. Es la leche luego para encontrar trabajo.

—Yo no hablo bastante bien español.

—¡Claro que sí! Lo que pasa es que a veces, cómo decirte, es como si tuvieras miedo de, no sé, de caerte…

Caerse, ¿de dónde? Jacques se rebeló contra lo absurdo de esa idea: una lengua no tenía alturas ni precipicios, no era algo que existiese en el espacio como una bicicleta o una cuerda floja.

—Hace años estuve con una mujer –dijo Jacques–. Ella quería hijos. Yo no. Ella me dejó luego. A continuación aprendió que ella estaba estéril.

—Es triste –dijo María José, mientras sacaba la última castaña de su cucurucho.

Casi sin darse cuenta, al azar de las alamedas, encontraron la antigua Casa de Fieras –"Parque zoológico de la Villa de Madrid de 1770 a 1972", precisaba un cartel a la entrada. Las jaulas vacías. El barrendero tuerto que limpiaba el foso de los leones. Las fotos en blanco y negro de animales cautivos y ya muertos. Aquello también era triste y, sin embargo,

Jacques se dijo que la tristeza era el mal menor de esta vida. Al lado de la miseria y la violencia casi consolaba la indiferencia de una tranquila mañana de otoño donde lo que fue se confundía con lo que nunca había sido.

—¿Qué se te ha perdido aquí? –le preguntó María José.

Jacques la miró sorprendido.

—¿Perder? Nada. ¿Por qué?

—Hombre, no me digas que me traes aquí por puro gusto.

Jacques metió la cara entre los barrotes de la jaula del tigre. Al fondo una fina escultura de hojalata imitaba la silueta de un felino. Los destellos de la luz en el metal le recordaron la expresión "brillar por su ausencia".

—Mi padre venía de niño –dijo Jacques.

A su eco entre las paredes vacías se unió el de la pregunta que tantas veces había nacido de sí mismo y ahora repetía con delicadeza una voz de mujer.

—¿Sigue vivo?

—No sé.

Jacques sintió cómo la mano de María José se apoyaba en su hombro.

—Lo siento –le dijo ella, muy grave, como si la incertidumbre mereciera un pésame más solemne que la muerte–. A veces los hombres son unos cerdos.

—Siquiera sé si mi padre lo fuera.

—No hay mal que por bien no venga –le consoló María José–. No puedo decir lo mismo de mi ex. Si vieras la labia que se gastó para llevarme al huerto. Y luego, cuando se salió con la suya, si te he visto no me acuerdo. Ni siquiera quiso reconocer al niño. Que con una guarra como yo tenía menos posibilidades de ser el padre que de que le tocara la lotería. Así dijo el muy hijo de puta. Ni siquiera era un cabrón como Dios manda. Esos por lo menos suelen tener pasta. Era un pobre pringao, un don nadie...

Jacques se sobresaltó. Recordó la noche de sus dieciocho años en que, arrastrado por unos compañeros a un burdel de Pigalle, se encontró con un antiguo comunista que había conocido a su padre. Después de escuchar sus confidencias Jacques volvió a casa decidido a saber. Fue la única vez en que su madre, acorralada a preguntas, le habló de la desaparición de quien había sido su marido. Entonces, para referirse a él, utilizó esa misma expresión oscura: don nadie.

—¿Qué quiere decir? —preguntó Jacques.

—Quiere decir que yo entonces era una tonta del haba, que con los tíos hay que andarse con un ojo...

—No. La palabra.

—¿Qué palabra?

—Don nadie.

—Si hubieras conocido a Rafa lo entenderías enseguida. Él era el don nadie por antonomasia, el típico capullo quiero y no puedo. —La explicación de María José sugería algo todavía menos trágico, más denigrante de lo que Jacques había imaginado—. Cuando me embarazó yo no era más que una cría. Llevaba ya cinco años en Madrid, pero todavía me sentía perdida. Desapareció de la noche a la mañana. Yo estaba desesperada. Intenté suicidarme cortándome las venas, como en una película con la Pfeiffer. Flebotomía: ese es el nombre que utilizaron los médicos, nunca se me olvidará la palabrita. Una enfermera me llamó de todo: egoísta, asesina. No es tan distinto de un aborto, ¿no? En realidad yo no quería morir ni menos aún matar a mi hijo. Lo hice para llamar la atención de Rafa, para ver si volvía. Pero el muy cabrón no se dio por enterado. Nunca he vuelto a verlo. Lo peor es que mi hijo no me cree. Se empeña en idealizarlo sólo porque no lo conoce. No se puede luchar contra alguien que no está. Dice que si lo pongo a parir es porque estoy celosa. Imagínate. El tipo me deja tirada y encima se vuelve el bueno de la película. Es para tirarse de los pelos. ¿Tu padre...? –Se interrumpió; quizás algo en su propia actitud debió de disuadirla de completar la pregunta–. Lo siento. No sé por qué te he contado todo esto. A veces me pasa. Es como una fiebre. Olvídalo. Mejor no me digas nada.

Jacques deseó el dolor de esa pregunta frustrada. Quizás las cosas hubieran sido diferentes si María José hubiera ido entonces hasta el final. Quizás unas pocas palabras habrían bastado para obligar a Jacques a evocar ante ella esa noche en la frontera que había decidido su vida antes incluso de nacer. Durante unos instantes estuvo pendiente de los labios de María José, a la espera de una frase capaz de agrietar la lápida de hielo donde tiritaba desde hacía más de treinta años el corazón de su secreto. ¿Sería capaz de arrancárselo y arrojarlo al exterior? ¿Lograría sobrevivir sin él?

No pudo hacer la prueba. María José calló. Su cara se volvió rígida, pálida, como si la sangre la abandonara al mismo tiempo que las palabras. Empezó a moverse en círculos, haciendo girar nerviosamente los brazaletes en sus muñecas. Encendió un cigarrillo que tiró enseguida al foso de los leones. El peso que Jacques había soñado con compartir los hundía juntos en el silencio. Tuvo la impresión de encontrarse atrapado al otro lado de los barrotes de las jaulas. La opresión en el pecho aumentó hasta impedirle respirar.

—Di algo –suplicó Jacques.

María José lo miró con una mezcla de ferocidad y lástima.

—No soy una cacatúa.

Dándole la espalda, se adelantó unos metros en dirección a la antigua pajarera. Junto a las jaulas, los herrumbrosos paneles didácticos evocaban viejas anécdotas de la jirafa Martina o el elefante Pizarro. Jacques pensó en el absurdo de esos nombres: los animales de verdad morían sin tumba. Después de dos siglos de cautividad, sus cuerpos habían conseguido escapar; pronto también los nombres y las fotos se borrarían para siempre. Era mejor así. ¿Por qué empeñarse en encerrarlos en la cárcel de la memoria?

Eso se dijo Jacques y, sin embargo, tú, ahora, en este triste bar de carretera, sigues recordando, agarrándote a esos instantes de complicidad muda, la última tregua, María José y Jacques juntos entre aquellos esqueletos del pasado, paseando, pensando en quienes nunca volverían, por ejemplo, en quienes ellos mismos habrían debido ser al encontrarse por primera vez allí años antes, más jóvenes y todavía desengañables.

Es inútil. Puedes entretenerte lo que quieras ante el foso de los monos ausentes, o delinear una vez más con el pintalabios del recuerdo los labios tan rojos de María José. Ni siquiera es posible detener el pasado: aun ahora, aquí, entre mesas vacías y fotos de mujeres en tanga, después de tantos días y desgracias, las hojas muertas siguen colándose entre los barrotes y las sombras alargándose en la arena del Retiro. Aunque tus interrogadores no mostraran ningún signo de impaciencia, aunque nunca fuera a amanecer, tarde o temprano, por la ciega inercia de las cosas, llegaría el momento en que el móvil se puso a vibrar y Jacques leyó el mensaje de texto tan temido.

—¿Te pasa algo? –preguntó María José.

—Tengo que irme.

—¿Ya? —su voz sonó temblorosa, como si su confesión la hubiera dejado desnuda y el silencio que ambos habían compartido hubiera sido un abrazo capaz de protegerla—. ¿Cuándo vuelves?

Jacques no respondió. Por primera vez no quería estar en otro sitio, sino en la misma perpendicular que marcaban sus pies. Le habría gustado decirle que él no volvería porque, al contrario que Rafa, no se iría ya nunca. El rostro de María José lo observaba al alcance de su mano, rejuvenecido por el contraluz. ¿Cómo era posible temer perder algo que nunca se había ganado?

—A ver si alguna vez me invitas a París —dijo ella—. Por lo menos acuérdate de traerle un mapa del metro a mi hijo: hace colección.

—Claro.

Jacques murmuró una despedida y se alejó rápido, evitándole los ojos para ahorrarse el tormento de una última mirada.

El hombre de las uñas mordidas le esperaba en una esquina cerca del parque, alto y negro contra el tamiz del otoño. Ponerse las gafas de sol y quitárselas en el piso subterráneo fue desmayarse y abrir los ojos en el infierno. El pasillo irrespirable por el que avanzaban comunicaba directamente no sólo con la encerrona del despacho, sino también con la angustia de la anterior visita, como si desde entonces no hubiera salido de allí y el reciente paseo por el parque con María José no fuera más que un embuste de la memoria.

Bajo la luz negra de los fluorescentes el Empresario le clavó unos ojos vidriosos, agresivos, devorados por el eclipse total de las pupilas.

—Piensan que pueden seguir engañándonos —le dijo mientras se sacudía del hombro una caspa imaginaria y se acariciaba el colgante de la virgen–. Desenvainan la espada y tensan el arco, pero el Señor los joderá y los quebrará como jarro de loza. Hay que oler el queso a menudo para saber cuándo empieza a enmohecerse. Notar los pequeños cambios ayuda a adaptarse a los cambios más grandes que están por llegar. Vamos a darle al tal Madre por el mismísimo culo.

El empresario aspiró ruidosamente el aire y empezó a mover la nariz en todas las direcciones, como si tuviera un insecto dentro. Está loco, pensó Jacques. La constatación no le sirvió de consuelo. Sentado en el alto sillón de cuero y con el mismo vestido blanco que en su anterior entrevista, el Empresario ocupaba la posición del médico y él, la del paciente indefenso.

—Con las aguas revueltas hace falta alguien que tome fuerte el timón. Un líder ha de ser bueno, incorruptible, clemente, invisible, glorioso. Fíjate en Jesús y los apóstoles: un equipo autodirigido de alta *performance*. Ahí está ya el *coaching*, y el *networking* y el *feedback*. Pero Satanás mismo se disfraza de ángel de Luz. Incluso el Señor cometió un error de selección de personal. Un Judas es inevitable. Por eso tenemos que actuar rápido, jugársela antes de que nos la jueguen, ¿entiendes?

Poco a poco, entre el sinsentido de muecas y citas bíblicas, Jacques comprendió la receta que el Empresario proponía. Era sencillo, como suelen serlo en apariencia las traiciones: se trataba de dejarse cambiar la maleta después de la siguiente entrega en París. A las siete en punto de la tarde él entraría en los servicios de la Gare d'Austerlitz y allí, en la intimidad del baño de minusválidos, precisó el Empresario con una sonrisa, tendría lugar el trueque.

—¿Y si me vigilan? –observó Jacques, confiando en que ese argumento obvio hubiera escapado a su delirio.

—¿Quiénes? –el Empresario saludó la perplejidad de Jacques con una carcajada–. Dichosos los que no saben, porque nunca sabrán. No te estoy pidiendo que reconozcas los sepulcros blanqueados. Para eso estamos Dios y yo.

—Yo prometí…

El Empresario se levantó de su asiento, furioso.

—Me importa un puto carajo lo que prometiste –gritó–. Las viejas creencias no llevan al nuevo queso. Tú decides. O sí, o no. Apocalipsis 3-16: Por cuanto eres tibio, ni frío ni caliente, te vomitaré de mi boca.

—Si se enteran… –balbució Jacques.

—Te matarán –confirmó el Empresario–. Decide quién quieres que lo haga. Yo te prometo dolor. ¿Sabes lo que es una corbata colombiana? –Jacques negó con la cabeza–. No es tan difícil. Se agarra un cuchillo, se hace un tajo aquí, debajo de la nuez, se meten los dedos en la herida y se saca la lengua. El infeliz que ha hablado más de la cuenta se desangra y ahoga. Eso sí, luego llega elegante al Juicio Final. –El Empresario sonrió y metió la mano en el cajón–. Tú eliges. Los otros igual se conforman con un tiro rápido. –Apoyó su mano sobre el cuerpo tembloroso de Jacques mientras le tendía una caja de cartuchos–. ¡Ay, amigo! ¿Qué harías si no tuvieses miedo?

X

¿QUÉ HARÍAS...? LA PREGUNTA FUE EL ESTRIBILLO del mal sueño que siguió. Que acabaran con él de una buena vez, se dijo Jacques. Un tiro en la cabeza, una corbata colombiana, todos los caminos llevaban a Roma, todas estas palabras al silencio, ya puestos, mejor romper cuanto antes el círculo infernal de la espera. Eso se dijo, pero el miedo era más fuerte que la muerte, igual que esos rabos de lagartija que siguen temblando cuando ya no son más que un absurdo pedazo de carne.

En el pasillo del tren el gigante de negro le dirigió una sonrisa. Jacques se fijó en sus dedos largos y filosos, perfectos para tirar con fuerza de una lengua palpitante. Al echarse a un lado para dejarlo pasar, sintió el roce de su descomunal oreja. Después de haberlo espiado durante meses ese oído escucharía también los borbotones de sangre, sus últimas llamadas de auxilio. ¿Qué idioma escogería para morir?

Ni siquiera en el compartimento se sintió más tranquilo. El Empresario debía de vigilarlo también allí. ¿Una cámara oculta? ¿La colaboración del joven seminarista que leía la Biblia enfrente de él? ¿O él mismo desdoblándose, traicionándose en secreto? Cuando la música de violín empezó a sonar, Jacques tuvo la impresión de que salía de su propia cabeza. Quiso gritar, romper la ventanilla, arrojarse a la oscuridad.

Esa noche el seminarista se puso a rezar el rosario en la litera de abajo. "Ave, Eva, María, Reina y Madre de hijos, gimiendo, llorando vuelve a nosotros, y después de este destierro, fruto bendito de tu vientre, ruega por Jesús..." Jacques se agarró a los retazos de la oración como a una nana. Acabó durmiéndose. Soñó que tenía en brazos a su hijo y no se acordaba de su nombre. Soñó que abría la maleta y encontraba miles de cordones umbilicales que formaban frases sin sentido. Soñó que en el Juicio Final Dios le pedía conjugar el verbo "desosar". Cuando despertó estaba todo cubierto del rocío de las pesadillas.

No insistas demasiado en aquel viaje. Ellos podrían pensar que Jacques perdió la razón y dudar de todo el relato. Mejor cuéntales cómo la siguiente entrega tuvo lugar en una torre en ruinas cerca de Kremlin-Bicêtre. Detrás de las puertas resquebrajadas se hacinaban familias de emigrantes –hijos, padres, abuelos, generaciones enteras golpeadas por una oscura maldición. Las peleas y los llantos de bebés retumbaban contra los muros de cemento goteantes. A medida que subía las escaleras llenas de basura Jacques se enfangaba en una confusión de lenguas y ecos extranjeros.

En el último piso lo esperaba una joven de pelo rapado, senos puntiagudos y ropa militar. Era la primera vez que en un punto de entrega lo recibía una mujer. Cuando le pidió que se echara contra la pared y extendiera los brazos, Jacques recordó demasiado tarde la pistola cargada en su bolsillo. Siguió las instrucciones, seguro de ir a ser descubierto. La joven se arrodilló y empezó a cachearle las pantorrillas. Absurdamente, Jacques confió en que sus temblores pudieran ser interpretados como una prueba de excitación y no de pánico. Las manos avanzaron seguras hasta detenerse en el bulto de la chaqueta. Entonces los ojos metálicos de la desconocida chocaron con los suyos y Jacques pensó que todo había terminado.

—Está limpio —dijo la mujer a los dos hombres morenos que entraron en ese momento en la habitación vacía.

Jacques apenas sintió alivio. La mirada de la joven dejaba claro que esa mentira salvadora no nacía de la compasión, ni aún menos de la simpatía: ella misma podría haberle volado la cabeza si así se lo hubieran ordenado. Las instrucciones, sin embargo, consistían en protegerlo a toda costa. ¿Qué valor podía tener su vida?

En cuanto lo dejaron irse, después de las preguntas de rigor, Jacques se dirigió directamente al *Patria Querida* —la casilla de salida, el principio de cualquier posible escapatoria, pero también el centro mismo del laberinto. Allí le dijeron que Eusebio estaba en su casa, muy enfermo.

—¿Su casa? —repitió sorprendido.

Nunca había pensado que Eusebio pudiera tener otro hogar además del almacén polvoriento. Nadie en el bar supo o quiso decirle dónde estaba esa segunda residencia. Jacques se quedó mirando el escote de la camarera, sin saber qué hacer. Para ganar tiempo pidió un brandy doble. Macareno se le acercó con el *ABC* en la mano.

—Adquiriese seso o cordura —leyó—. Avieso personaje de la *Canción de Roldán*.

La mulata salió un momento a fumar. Aprovechando su ausencia, Jacques se dirigió hacia el almacén. Necesitaba un nombre, un número de teléfono: un clavo ardiendo. La puerta esmerilada estaba abierta. Avanzó por la penumbra del pasillo. Algo rugoso lo detuvo. Jacques gritó. Una sombra maciza se cernió sobre él y lo empujó hacia la salida. Entonces se escuchó una voz débil, pero tajante.

—Suéltalo, Trajano.

Al entrar en el almacén, flanqueado por el corpulento cancerbero, Jacques descubrió a Eusebio en la misma posición de siempre, con un teléfono en la mano.

—Me dijeron que no estabas aquí –protestó Jacques.

—Tienen razón –respondió Eusebio–. Estoy más allá que acá. Las visitas me fatigan.

Pensó que ese comentario sería una señal para que Trajano hiciera su trabajo. En lugar de eso el vigilante se retiró, dejándole solo con el viejo una vez más. Era difícil decir si su estado había empeorado; la palidez de la cara hablaba de una frontera con la muerte parecida a la línea del horizonte, fina desde la distancia, inacabable a medida que uno cree acercase a ella.

—¿Vas bien, Jacques? ¿Fuiste a la Casa de Fieras?

Jacques no respondió. Otras preguntas lo acosaban: ¿qué hacía allí Eusebio con un guardaespaldas en el pasillo? ¿A quién se disponía a llamar cuando él entró en la habitación?

—Imagino que todo habrá cambiado bastante –continuó Eusebio–. ¿Sigue la jirafa? ¿Y los monos? ¿Qué me dices de los monos? Parecen de la familia, *n'est-ce pas*?

Jacques se sintió incapaz de sostener otra ridícula mentira.

—Tengo que hablar con el Madre.

Eusebio le dirigió una expresión alarmada.

—Tu madre está muerta, Jacques.

—*El* Madre, *el* Madre –tartamudeó, insistiendo histéricamente en el artículo masculino–. Tu amigo. El que me ha metido en esto. O quien sea. –Jacques se levantó de la silla, dio unos pasos sin dirección, chocó contra los jamones que colgaban del techo–. *Putain de merde, j'en ai marre, j'en peux plus, je ne suis pas un pauvre con qu'on peut mener en bateau comme ça, moi!*

Se detuvo, jadeante. Ni siquiera era consciente de haber cambiado de idioma –¿lo eres ahora tú? ¿Sabes de verdad en qué idioma estás pensando esta historia? Quizás, después de todo, no lo hizo, y gritó en buen español algo así como: hostia puta, estoy harto, no puedo más, no me van a dar gato por liebre como a un pobre gilipollas. No habría sabido decirlo. Dentro de sí sólo sentía un vacío, una turbiedad que lo alivió unos instantes antes de volver a filtrar enseguida el sabor del miedo.

Alertado por el ruido, Trajano lo observaba otra vez desde la puerta, listo para intervenir. Dócilmente, Jacques se sentó de nuevo ante el escritorio. Unas pocas preguntas bastaron para que vaciara todo ante Eusebio: las conversaciones oídas en los puntos de entrega, las proposiciones y las amenazas del Empresario.

—Tú me tienes que ayudar –imploró Jacques–. Si no, van a pensar que yo soy un traidor… Y yo no tengo nada que ver, yo no estoy por nada…

Los ojos de Eusebio se agrandaron.

—*C'est fou* lo que me recuerdas a tu padre. La última vez que lo tuve al teléfono era exactamente así que su voz sonaba. Esos comunistas maricones se hicieron encular por Franco. Entonces también tu padre me demandó ayuda…

—Mi madre me lo contó –dijo impaciente Jacques–. No sirvió a nada.

—Para vosotros, no. Para tu padre, no sabemos. Tuvo

miedo, Jacques. Todo se habría pasado bien si hubiera restado tranquilo. Quien guarda fría la cabeza, come caliente.

—Ya es tarde para consejos.

—No para ti, Jacques. Me gustaría ayudarte, igual que ayudé a tu padre. Bien que las cosas no están simples en este momento. Hay tres semanas que no hablo con mi amigo. Yo también he recibido amenazas. –Eusebio abrió el cajón de su escritorio y le enseñó una foto llegada hacía unos días por correo. Jacques no tuvo valor para mirarla de frente; intuyó un cuerpo sin cabeza, desfigurado por la lepra de la sangre–. Más avanzamos, más vamos hacia atrás. ¡Animales! Yo ya no comprendo *rien du tout* a esta locura. Estoy viejo para el mundo.

"Yo soy joven para morir", pensó Jacques. Era la primera vez en mucho tiempo que se sentía joven para algo.

—¿Sabes rezar, Jacques?

Miró al viejo: no bromeaba. Volvió a escuchar el rosario del seminarista en el compartimento. Imaginó la oreja de Dios, sumidero de toda la miseria y la angustia del mundo; una oreja cortada, arrojada a la oscuridad de la desesperación humana como a una piara de cerdos hambrientos.

—Ni un puto padrenuestro he rezado en cincuenta años –prosiguió Eusebio–. Ahora de veces tengo ganas. Como de suicidarme, como de mearme encima. Cuando no se puede pecar, se comienza a pensar al infierno. Hace bien creer en algo. De niño, yo creía. Mi madre me llevaba a una pequeña iglesia. Paseo de San Antonio de la Florida. La misa era en latín. Yo no comprendía nada. Me aburría mortalmente. Mas al techo había pinturas. Me recuerdo de ellas como si fuera ayer. Había una mujer vestida de novia. Gente que danzaba y reía. Un niño sentado en la baranda que parecía iba a caer. Y ángelas, Jacques. *Je te jure* que eran la cosa más bonita que he visto jamás. Rubias. De blanco. Con unos ojos negros que parecían vivientes.

Jacques lo observó incrédulo. ¿No tenía otra cosa que ofrecerle? ¿Nada además de ese paraíso postizo, seguramente demolido desde hacía décadas?

—Tenían las alas de muchos colores –continuó Eusebio–. Como de mariposas. Hoy casi no restan mariposas, mas entonces de que uno salía a la campaña estaban *partout*, igualitas que arco iris. Mas *on s'en fout* de las mariposas. Eran las caras, Jacques. Caras de niñas, blancas como leche. Fermo los ojos y las veo delante. Tiene que existir Dios y tiene que perdonarme. No está ganado. Mas si cae esa breva *alors* me imagino ahí después la muerte, con las ángelas y también tu madre, los *copins* del *Suez*...

Esta vez el monólogo de Eusebio no consiguió arrastrarle tiempo abajo.

—A mí nadie me espera en ese cielo –interrumpió Jacques.

—¿Y en Madrid? –Jacques no pudo evitar ruborizarse. Eusebio sonrió–. Las españolas son bravas, de fuego. Profita, Jacques. Yo ya no tengo nada a perder. Para ti los polvos, para mí el polvo. *C'est la vie*. Voy a hacer mi posible para sacarte de esta. Hoy mismo yo llamo a mi amigo. No dejaré caer hasta parlar con él. Yo te lo prometo. Le diré que tú eres de confianza, que te proteja si puede. Yo espero solamente que marchará. Los hombres son cabrones. Sería demasiado bonito si no lo fueran. Ve a San Antonio y lo comprenderás.

—Gracias.

Jacques se levantó. No tenía ganas de quedarse allí ni un minuto más. El cariño que de pronto le dedicaba Eusebio despedía el olor dulzón y putrefacto de la última vez. Al dirigirse hacia la puerta notó que algo lo retenía. Como un resorte, la mano de Eusebio había salido de debajo de la manta y agarraba su muñeca con una fuerza sorprendente. Tuvo que girarse de nuevo y enfrentarse a una mirada que parecía querer grabarlo para siempre en un azul a punto de disolverse.

—Perdóname, Jacques. Haría cualquier cosa por ti.

No entendió esas palabras; tampoco le sorprendieron. En ese momento necesitaba luz, alcohol. Unos minutos después, en su mesa habitual, recordó, sin lograr el rencor, que era el viejo quien le había metido en esa situación. Entonces ya tenía una segunda copa de brandy en la mano y alguien había puesto un antiguo pasodoble. En el centro del bar una pareja octogenaria giraba con lentitud inverosímil, como si quisiera quedarse detenida para siempre en algún baile de su juventud. Desde la mesa de enfrente, los ojos de Amelia seguían ignorándolo. Furioso contra su muerte en esa mirada, Jacques fue hacia ella.

—¡Soy Jacques Munoz, el hijo de Soledad!

Amelia abrió mucho la boca. Por un momento Jacques pensó que iba a repetir su nombre. La boca siguió abriéndose, la cara entera se puso a temblar. Al principio Jacques no reconoció aquel gesto. Luego comprendió: un grito. Un grito de horror. Dio media vuelta y huyó del *Patria Querida*. Durante horas el eco de aquel aullido mudo retumbó en bares y pensamientos sin nombre. Quizás Amelia se había creído atacada por un cliente anónimo. O puede que no. Puede que fuera peor. Puede que al fin lo hubiera reconocido.

XI

AHORA SÍ: AMANECE. PUDISTE CONFUNDIRTE AL recordar esta luz, pero no ahora que la tienes delante, ceniza de la noche, vagido del día nacido muerto. También Jacques aprendió a reconocerla para siempre horas antes de la traición cuando, insomne entre las sábanas sucias, con la fría automática como única compañera de cama, observó cómo el día iba llenando su cuarto con desgana, como si él no existiera y el alba, sin testigos, ni siquiera se tomase la molestia de alumbrar.

¿Cuánto tiempo transcurrió así? No sabrías decirlo, del mismo modo que tampoco tienes la menor idea de cuánto llevas dándole vueltas a esta historia en tu cabeza. En la noche no existe el tiempo más que como miedo o deseo del día –en ti tampoco surgirían estos fantasmas de palabras sin la promesa de unos oídos para escucharlos. Quizás por eso amaneció y amanece tan lentamente, la claridad en lucha no sólo contra la noche, sino también contra la oscuridad de vuestra espera –la tuya, la de Jacques.

—Mañana viajo a Madrid –decía Jean-Pierre con su calma habitual–. Tengo asuntos urgentes que resolver.

—¿Deseas que te prepare el equipaje? –respondía sonriente su mujer.

—Siempre que no te suponga una molestia, cariño. No te olvides del bicarbonato. Hombre precavido vale por dos. A su lado el radiocasete vomitaba "De viaje", la lección undécima del método. Jacques solía escucharlo como otros escuchan música, para llenar el silencio. Las cosas se resistían a despertar. Soñaban. Sonaban. Jacques imaginó el timbre del teléfono en la campanilla que señalaba el final de los ejercicios lingüísticos, en el ruido del ascensor, en un toque de bocina en la calle. Cuando el móvil retumbó de verdad le costó unos segundos aceptar que no se trataba de una ilusión.

—Todo en orden —le aseguró una voz desconocida–. Siga las instrucciones. Ya sabe dónde y cuándo. El jefe ha apreciado mucho su sinceridad. Encontrará la manera de recompensarle cuando la operación haya acabado.

¿Por qué Eusebio no le había llamado personalmente? ¿Le habría ocurrido algo? Jacques procuró sofocar las preguntas de camino a la estación. Notaba la pistola en el bolsillo interior de su chaqueta, el sudor en sus manos desmintiendo la impasibilidad del rostro. Nunca antes al caminar el contenido de la maleta había producido un ruido semejante. Seco. Espasmódico. Como las llamadas de auxilio de un bebé enterrado vivo.

A las siete en punto, se metió en los servicios de la Gare d'Austerlitz. No había nadie. Entró en el baño de los minusválidos con la maleta. Vació de miedo la vejiga. Dejó la Samsonite junto al retrete y abrió la puerta. Un hombre de pobladas patillas dejó de secarse las manos y se dirigió hacia él. Se cruzaron sin intercambiar ni una mirada. Bajo los lavabos, otra maleta idéntica. Jacques la cogió y salió al vestíbulo, no sin antes sorprender su reflejo convulso en el espejo.

Fácil, abrir y cerrar de ojos. En un primer momento la nueva maleta le pareció más pesada; luego, al dejarla en el portaequipajes, más ligera. Le decepcionó no distinguirla de la verdadera. ¿Quién le decía que esta era la falsa y no al revés? Nada de cábalas. Dejarse arrastrar, mecer por el traqueteo del *Francisco de Goya*, que atravesaba las fronteras de los sueños y los países como una forma de esperanto. Después de varias noches en blanco, durmió nueve horas de un tirón. Sólo se despertó pocos minutos antes de llegar a Chamartín. Media hora más tarde, en su habitación de la pensión *Don Juan*, volvió a quedarse amodorrado. El vibrador del móvil lo sacó de un sueño en donde una mujer le daba de comer una hirviente sopa de letras.

Esta vez no tendrás que recordar una dirección que ellos conocerán. Como tantas veces, Jacques tomó un taxi en la Gran Vía. La calle O'Donnel estaba colapsada por un largo cortejo de coches fúnebres que protestaban contra la privatización de la funeraria municipal. "La muerte es de todos", "Al ayuntamiento guerra, la funeraria no se entierra", rezaban algunas de las pancartas colgadas entre las coronas de flores.

—¡Puta crisis! —maldijo el taxista–. ¡Hasta los muertos andan jodidos!

Llegó a su destino con veinte minutos de retraso. En cuanto el taxi se alejó, echó a correr hacia el número que le habían indicado. La calle era un flamante horror de cemento; parecía especialmente construida para el olvido. Sin embargo, tú ahora recuerdas perfectamente al vendedor ciego de lotería en la esquina, el escaparate de la carnicería con los lechones ensartados por las pezuñas. Como si la memoria fuera adivina y supiera reconocer la antesala de lo imborrable.

El ascensor estaba averiado. Las escaleras apestaban a lejía. En el segundo había un gabinete de logopedia. Llegó jadeante al cuarto piso y, conforme a las instrucciones, llamó a la puerta D. Se dio cuenta de que estaba entornada. La empujó. Apenas había dado unos pasos en el vestíbulo en penumbra cuando vio a un hombre de pie frente a él. Vestía de rojo y respiraba pesadamente, con la lengua fuera. Jacques apartó la vista de la enorme boca y buscó su mirada. Encontró la nariz. Aquel hombre no tenía ojos. Eso pensó, antes de que el desconocido se acercara tambaleándose y Jacques reconociera dos círculos blancos, desorbitados, flotando a una altura imposible, donde debería de haber estado el pelo. El cuerpo se desplomó al suelo con la ceguera de los troncos talados, cerrando la puerta con un violento estallido.

Jacques gritó. Utilizarás esa palabra porque no sabrías describir −ni en español, ni en francés, ni en ninguna otra lengua− esa especie de parpadeo universal, la sensación mareante de apagarse un instante y volver a recobrar la conciencia en un mundo sacudido hasta los cimientos por un terremoto cuyo único rastro fueran los remolinos del polvo en la luz. Su primer impulso fue alejarse del cuerpo. No sacó la pistola, sino que se agarró a ella, como si pudiera servirle de lámpara o crucifijo en la penumbra. Consiguió atravesar a trompicones la distancia multiplicada del salón y asomarse a la habitación contigua. Detrás del escritorio estaba un hombre con la cabeza echada hacia atrás sobre el respaldo de la silla, preparándose para un brutal estornudo. La lengua le colgaba de la garganta, asomando en medio de una gigantesca sonrisa rezumante de sangre y baba.

Huyó inmediatamente. Bajó corriendo las escaleras, buscó con ansia el anonimato de la calle. Eso les contarás. Nada más lógico que el miedo a la muerte y el deseo de salvar el pellejo. Aun así no es seguro que te crean. Seguramente piensen –el modelo de la pistola, las huellas dactilares en el piso– que fue Jacques el asesino. ¿Y si el acuerdo con el Empresario no hubiera incluido sólo un simple intercambio de maletas, sino también un ajuste de cuentas?

Aceptas que no tiene coartada. Pudo no toparse con la manifestación, llegar a la hora, disparar a bocajarro sobre el hombre que le abrió, y, solo o acompañado, rematar a su colega, abrirles la garganta, tirar con fuerza de la lengua –eso siempre que no le hubieran temblado demasiado las manos. No lo hizo. Tendrán que creer en tu palabra de... En tu palabra, en la palabra. No lo hizo, repetirás. Es cierto que tampoco huyó inmediatamente. Al descubrir el segundo cuerpo, una irresistible flojera –como si de verdad hubiera hecho el esfuerzo de degollar a esos desconocidos– lo restregó contra la pared del pasillo hasta sentarlo en el suelo helado.

Ahora que todavía estás solo podrás revivir la extraña parálisis que ganó sus miembros. Dicen que la pintura fresca puede afectar como una droga; el olor allí era tan intenso que impedía respirar. Quizás fuera eso. O a lo mejor era una forma de identificarse con esos cadáveres entre los cuales se habría contado de no ser –macabra ironía– por la manifestación de trabajadores de la funeraria. La fiebre le subía a la cabeza. El espacio entre los dos cuerpos –uno a su izquierda, del que sólo distinguía los pies, otro a su derecha, atrozmente visible a través de la puerta abierta del cuarto– se dilataba como un delirio de plastilina. El cacharreo en el patio. La televisión de la vecina –"Dime por qué nos abandonaste, José Aurelio. Yo no os abandoné, fue Dios quien me abandonó a mí". El runrún del tráfico. El zureo de las palomas. Las lenguas colgantes de los cadáveres se ponían a hablar y su murmullo se confundía con los ecos del edificio. Jacques escuchaba hipnotizado los ecos del idioma de la muerte.

Fue uno de esos momentos privados que no se pueden compartir, en los que el hombre entra a solas en los retretes de la existencia. El vacío del piso crecía en su interior, succionaba sus fuerzas. Que vinieran a buscarlo. Que terminaran lo que habían empezado. Nada importaba. Casi no sentía ya el relieve del gotelé contra su cuello. Los cuerpos despatarrados, tan indefensos. Una obscena sensación de poder. Quitarles un zapato. Pintarles los labios con su propia sangre. Masturbarse encima. Besarles lengua contra lengua. Pensamientos: heces que resbalaban por el sumidero de la conciencia.

El muerto del escritorio intentaba decirle algo con su segunda boca. El pelo grasiento, la piel ametrallada de forúnculos: una cara conocida, un significado olvidado. Buscó entre el desorden de los últimos meses. Inútil. Era como tratar de orientarse entre la selva que le ofrecían las narices del cadáver. Y, sin embargo, la monstruosa mueca en la garganta insistía en el secreto. ¿Nombre común? ¿Propio? ¿En Madrid? ¿En París? La memoria, la lengua y el piso franco formaban un único laberinto. En cuanto creía tocar algo sólido, el amago de respuesta desaparecía para dejar paso a otro recuerdo-nombre-habitación en el que había que adentrarse a tientas como en una conjugación irregular o en un largo pasillo lleno de recovecos…

Estalló. Un pasillo. *El* pasillo. La primera visita al *Patria Querida*. Esa misma cara poco agraciada. Podía haberla olvidado, pero no, se acordaba de ella tan absurdamente bien como del adjetivo "agraciado". La había visto en el momento exacto de abrir la puerta esmerilada. Luego... Jacques vaciló un momento antes de tirar del recuerdo, de sacar al aire las raíces enterradas en lo más profundo de la infamia. Luego ese tipo acababa de hablar con Eusebio. Luego Eusebio estaba en contacto con los que realizaban la entrega. Luego sabía. Luego le había mentido al decir que no tenía nada que ver con aquel negocio. Luego le había vendido como a un pobre gilipollas...

Jacques se detuvo, cazado por el vértigo. El pasillo del *Patria Querida* se prolongaba en su imaginación, retorciéndose entre una bruma de atisbos y sospechas. Muy al fondo, más allá del cristal esmerilado, de los incontables umbrales que había atravesado a lo largo de aquellos meses, entrevió una última puerta. Roja, como la que tantas veces había querido derribar de niño. Sintió una punzada en el pecho. Culpa del asma, o de la nada que iba invadiendo su cuerpo como una gangrena. Enfrente de él la lengua del muerto se burlaba de su destino: "No hay remedio, Jacques. Los hay que tienen que morir para empezar a comprender. Sólo cuando tú también tengas dos bocas entenderás lo estúpido que has sido. Entonces reirás, reirás para siempre, como nosotros...". Jacques sacudió la cabeza, cerró los ojos y siguió avanzando, alargó la mano en dirección de la puerta roja...

El ruido de los pasos en la escalera lo sacó de su alucinación. Los sicarios venían a terminar el trabajo. Esta vez no fue el miedo lo que le permitió mover las piernas e incorporarse del suelo, raspando con las mejillas la pared recién pintada. No fue el miedo: fue la rabia, el saber que el menor de los lamentables movimientos de su cuerpo fondón suponía una pequeña falla en la trama criminal tejida por Eusebio. Logró ponerse en pie. Con una mano asió la maleta, con la otra la pistola y, pasando por encima del cuerpo junto a la entrada, se apostó detrás de la puerta. Los pasos se acercaron. Se detuvieron. Jacques puso el dedo sobre el gatillo. Una tos. El tintineo del metal. La llave de un vecino en la cerradura. Su pulso retumbaba contra los muros del silencio. La mancha de sangre en la pintura fresca: un corazón reventado. Los efectos anestésicos del delirio remitían. Jacques empezaba a hacerse cargo objetivamente de lo delicado de la situación.

Esperó unos instantes y luego se asomó al pasillo. No había nadie. Se dirigió hacia las escaleras. Lo desorientaban los jadeos, el pálpito de las sienes. El espacio interior de su alucinación y el espacio del edificio no se correspondían. Le agredían las esquinas, las distancias, le costaba encajar sus pies en los escalones. Por suerte, nadie vio cómo resbalaba al llegar al segundo piso, cómo se apoyaba en el timbre del gabinete de logopedia para evitar la caída y, temeroso de la posible enfermera, continuaba la huida de forma aún más atropellada.

Jacques entre la multitud de la calle, fingiendo un rumbo: aquí es donde vuelven a coincidir las dos versiones –las que ellos oirán y la que tú recompones para tus adentros. Andaba rápido, moviendo nerviosamente la cabeza de un lado a otro. Las caras de todos los transeúntes aceptaban la máscara venal de la muerte. Boca abierta, rigidez, sangre: no eran muchos los ingredientes de un cadáver. Eusebio lo sabía, se había servido de su fin inminente como de un cómodo escondite. Jacques recordaba ahora las sonrisas y los dobles sentidos. "Perdóname", habían sido sus últimas palabras. Perdóname por haberte hecho morder el anzuelo, por irte a sobrevivir, por haberte sacrificado como a un miserable capullo, interpretaba Jacques, mientras caminaba sin dirección con los ojos entrecerrados para soportar la verdad, el sol.

Sol, suelo. *Sol, soleil.*

Falsos amigos. Eusebio, el antiguo pecador que buscaba redimirse al final de sus días; Eusebio, el eterno hijo de puta decidido a morir matando. Jacques los había confundido, y ahora que comprendía su error, la larga y enrevesada frase de los últimos meses adquiría un significado completamente distinto. El viejo no había querido pagar una deuda contraída con la madre de Jacques ofreciéndole una nueva oportunidad; el viejo se había aprovechado de su inocencia para embarcarle en una misión suicida que muy pocos habrían sido lo bastante estúpidos como para aceptar. ¿Y la nostalgia, las historias de aquel Madrid perdido? Sabes por experiencia que nada sienta tan bien a la mentira como una buena dosis de verdad. La añoranza del pasado había sido el contexto que arrastra hacia el error de traducción, la calculada ambigüedad que hace caer en la trampa al principiante.

Eusebio era el Madre.

Su madre, *el* Madre.

Demasiadas sutilezas, demasiados equívocos gramaticales: un nivel excesivamente avanzado para un alumno tan poco brillante como él. Aun así, a pesar de sus graves faltas, no todo estaba perdido. Se tiró con fuerza del lóbulo derecho, como solía hacerle su madre cuando cumplía años, como hacía él las pocas veces en que le interesaba demostrarse a sí mismo que seguía vivo. Eusebio había querido deshacerse de él y de la maleta, pero ahí seguían los dos: la

Samsonite prolongaba su mano como un órgano más. Su único deber era huir.

—Un momento –objetarán ellos–: si el objetivo era matar a Jacques, ¿por qué los asesinos no esperaron en el piso? Algo había ocurrido, aventurarás, algo los había asustado y hecho huir sin la maleta.

—¿Para qué iban a quererla si sabían que no era la auténtica?

Quizás sí lo fuera, repetirás. O a lo mejor no estaban al tanto del cambiazo. Puede que, conchabado con el Empresario, Eusebio los hubiera engañado también a ellos. O puede que sí lo supieran y hubieran querido eliminar a Jacques para desembarazarse de un testigo y poder hacer creer a otros que esa maleta era la verdadera. Hipótesis, versiones que se ramificaban hasta el infinito como las calles de la ciudad.

Cuatro Caminos. Jacques reconoció la inhóspita glorieta y comprendió que sus pasos lo acercaban de forma inconsciente a la pensión. Una corazonada le hizo llamar desde el móvil.

—¡Hombre, don Jacobo! Precisamente unos hombres han pasado a preguntar por usted hace un ratito –le informó la dueña.

Jacques sintió que se le contraía la piel del escroto. Se quedó mirando el aparato negruzco en su mano. Había leído en alguna parte que los móviles permitían ser localizado. Sin pensar, lo tiró a una papelera y dio media vuelta. Si alguien lo hubiera visto entonces –pero ¿quién iba a fijarse en él a no ser para pegarle un tiro en la nuca?– habría creído, por la decisión con que enfiló la calle a su izquierda, que al fin había decidido su destino. En realidad, su único objetivo era alejarse de la pensión. Avanzaba sin rumbo por aceras llenas de cascos de botella y de hojas publicitarias de santeros cubanos. Calle Juan Pantoja, Pedro Barreda, Jerónima Llorente: Jacques se sentía tan perdido como si le hubieran preguntado quiénes eran esos personajes. Cuanto más se adentraba en las entrañas pringosas de la ciudad, mejor comprendía su situación. No tenía dinero –había olvidado el billete de quinientos en París–, ni ropa –la había dejado en la pensión–, ni teléfonos –empezaba a darse cuenta de lo estúpido que había sido tirar el móvil. Se metió en una cabina telefónica y examinó el contenido de su cartera. Veinte euros, un billete Madrid-París para dentro de tres días, la tarjeta de fidelidad del supermercado *Ed*. También, arrugado entre metrobuses caducados, un papel con el número de teléfono de María José garabateado al dorso.

—¡Hablando del rey de Roma! –dijo una voz que nunca antes se había alegrado tanto de oír–. Precisamente estaba pensando en ti. En la radio dicen que el presidente francés…

—Me han volado –interrumpió Jacques.

—¿Cómo?

—Me han robado –corrigió.

—¿Dónde?

—Todo. La cartera. El dinero. Carezco de céntimo.

—¿Cuánto?

—No sé. En el metro. Me di cuento tarde, a la salida.

Tuvo suerte: el hijo de María José estaba de viaje con unos amigos y ella le ofreció dormir en su casa. A pesar de sus esfuerzos por caminar lento, llegó con mucha antelación. Esperó acurrucado en las escaleras del edificio durante casi tres horas, hasta que su benefactora volvió del trabajo cerca de las siete.

—¿Pero qué haces aquí así? –exclamó al verlo ovillado en

los escalones–. ¡Qué pálido estás! ¡Si parece que te hubieran molido a palos! Apostaría la cabeza a que han sido los albano-kosovares. De un tiempo a esta parte están armando un cisco que no veas. ¿Lo has denunciado a la policía?

—¡No! –respondió Jacques con una vehemencia excesiva. Para atenuar el efecto de su brusquedad añadió–: Ir a la policía no es simple. Presenta grandes inconveniencias.

—Allá tú. A esa gentuza hay que pararle los pies. Llegan aquí de su país y se creen que todo el monte es orégano.

Entraron en el piso. Jacques se sintió enseguida a resguardo entre los muebles de madera barata, los sofás de sky marrón, los souvenirs apilados en las estanterías: todo resultaba tan olvidable que tuvo la certeza de que nunca se les ocurriría buscarlo allí dentro. En la pared del salón había un póster de una ciudad que grandes letras negras identificaban como Córdoba. Jean-Pierre la visitaba en la lección doce del Método. En la foto del salón no aparecía la mezquita, sino una vista aérea que mostraba edificios nuevos y un bonito río lleno de meandros.

—Ahí nací yo –dijo María José. Al ver la expresión de sorpresa de Jacques, añadió–: Llegué a Madrid con diez años. He perdido todo el acento.

Costaba imaginarla hablando de otro modo. ¿Cómo habría sonado antes su voz? ¿Por qué exhibía esa foto si no le gustaba el pasado? Un acceso de debilidad borró todas las preguntas y le obligó a sentarse en el sofá. El hambre lo volvía ridículamente sentimental. El ruido del microondas bastó para traerle lágrimas a los ojos.

—Muchísimas gracias –tartamudeó cuando hubo terminado el estofado de carne que ella le sirvió–. No sé cómo exprimirte mi reconocimiento.

—No hay de qué –contestó María José–. Me alegro de poder ayudarte. La verdad es que cuando estoy sola se me cae un poco la casa encima. Mi hijo para cada vez menos por aquí. Me ha dicho que se ha ido al pueblo de un amigo a preparar los exámenes, pero yo no me chupo el dedo. Los estudios ya no le interesan. Últimamente anda muy nervioso, se pone violento por cualquier tontería. No sé lo que se trae entre manos; sólo espero que no sea nada peligroso. Lo mejor sería sacarlo de aquí una temporada. Me ha hablado de una escuela de creación de videojuegos o algo así, en Londres. No sería mala idea. ¿Tú crees que podrías ayudarnos?

—¿Yo?

—La escuela cuesta un ojo de la cara –María José se detuvo un momento para comprobar la reacción de Jacques–. No digo ahora que te acaban de robar, claro. He estado pensando. Estaría bien que empezaras a venir de vez en cuando por aquí, que mi hijo viera que hay hombres como Dios manda. Luego, poco a poco, ya se vería. ¿Qué te parece?

Jacques se sentía agotado e incapaz de pensar. Tenía la impresión de que el día que acababa de vivir no cabría en su vida entera.

—Sería un sumo placer, naturalmente –dijo–. Sin embargo, me siento bien cansado. Quizás un otro día...

—Faltaba más. Debes estar muerto. –Jacques no pudo dejar de sobresaltarse al oír esa expresión. María José se levantó de la mesa–. Lo único es que el dormitorio de mi hijo está un poco manga por hombro.

—¿Perdón?

—Está todo patas arriba, hecho un desbarajuste. –Al ver la cara de Jacques, María José no pudo dejar de sonreír–. ¿Qué pasa, que en Francia los hombres sois todos muy ordenados?

—No sé –respondió Jacques–. Duermo donde haya lugar.

—Lugar hay en muchos sitios –repuso María José clavándole la vista y metiéndose la mano por el cuello de su jersey. Se mordió los labios, y después de un instante de silencio, añadió–: ¿En la habitación de mi hijo, entonces?

Jacques sentía que algo se le escapaba; en ese momento el deseo de una cama y de unas sábanas limpias acaparaba toda su energía.

—Donde tú le quieras. La habitación de tu hijo es perfecta. ¿Hay algún problema?

—Ninguno –contestó María José con la voz apagada–. Voy a por las sábanas.

Regresó al poco tiempo, envuelta en olor a suavizante.

—Suerte has tenido que no te hayan robado también el equipaje –dijo señalando la maleta–. ¿Tienes pijama?

—Sí –mintió Jacques, siguiéndola por el pasillo.

Unos minutos después, Jacques yacía solo en la oscuridad, desnudo a no ser por un calzoncillo sucio, rodeado de sombras de cajas de videojuegos y pósteres de futbolistas. Por su mente exhausta, las imágenes del día desfilaban como un resumen con los mejores momentos de una inacabable pesadilla.

Desde el salón, tamizada por las paredes, le llegó la voz de María José:

—Claro que te echo de menos, tesoro… Mira que dejar a tu madre sola… Ten cuidado, por favor, no me seas tarambana…

"Taraganas", "migodios", "huercontó"…. Las palabras empezaron a alejarse, a perder sus contornos. Por un momento, antes de cerrar los ojos, Jacques tuvo la impresión de haber vuelto al cuarto de su infancia.

XII

ENTRAN EN EL BAR. SON DOS, TAL Y COMO HABÍAS imaginado: uno bajo y corpulento, otro tan alto que roza con su cabeza el dintel de la puerta. Se acodan despacio en el otro extremo de la barra y encargan de beber. Cuesta distinguirlos a contraluz, pero aun así jurarías que no llevan uniforme. Pasean la mirada por la sala vacía, sin prisas, reconociéndola palmo a palmo. La detienen en el fondo del local: te han descubierto.

Instintivamente deslizas la mano en tu bolsillo. Lo ocurrido hace unas horas en el tren te hizo pensar que la policía llegaría antes. Quizás sobrestimaste sus reflejos y los hombres de Eusebio o del Empresario se le hayan adelantado. No, no llevan uniforme sino largos abrigos negros, y eso lo cambia todo. Ni el ritmo de las entregas, ni las conversaciones en el *Patria Querida*, ni los encuentros con María José. "La maleta, ¿dónde cojones está la maleta?": es lo único que querrán saber. Y tú no la tienes. Ya no. Ninguna de las dos: ni la presuntamente verdadera, ni la presuntamente falsa. A menos de que resulten ser agentes camuflados, deberás modificar esta historia desde el principio, adaptándola palabra por palabra a tus nuevos oyentes del otro lado de la ley.

Unos instantes después un grupo de tres camioneros

irrumpe en el bar. Los dos hombres en la barra observan a los recién llegados, luego al camarero. Si fueran policías de paisano no los mirarían así, con odio, con inquietud, como a testigos peligrosos que les impidieran hacer su trabajo. Permanecen quietos, sin dejar de escrutarte desde la distancia, buscando romperte los nervios antes de empezar con el interrogatorio. Si es a eso a lo que quieren jugar, adelante. En la publicidad de la televisión sin sonido aparecen imágenes de una playa caribeña. Nunca conocerás ese paraíso; en cambio tienes la impresión de llevar en este limbo desde antes de nacer.

El camarero les sirve sus bebidas. Es demasiado tarde. No tienes fuerzas para reinventar el funeral, la sala de pasos perdidos de la Gare d'Austerlitz, el hotel *Terminus*. Sean o no de la policía, lo único que puedes hacer es quedarte a verlos venir. Estás condenado a continuar la historia donde la dejaste. Ellos dan un primer trago tranquilo y se ponen a conversar. De perdidos al río: si pretenden ser dos clientes cualesquiera, entonces tú también puedes fingir que construyes un relato normal de principio a fin.

Vas a tener tiempo de contar cómo Jacques abrió los ojos en el cuarto del hijo de María José y observó con extrañeza los pósteres de futbolistas y de guitarristas melenudos, las pesas y las consolas por el suelo. Tuvo la impresión de haber nacido a una segunda vida. Se llevó la mano a la cara y palpó el cráneo medio pelado, para convencerse de su edad. María José ya se había ido a trabajar y Jacques deambuló durante horas por el piso vacío, sin saber qué hacer. No podía dejar de preguntarse por qué Eusebio le había escogido precisamente a él, qué había ganado con hundir al hijo de su antigua amante. Con su estupidez, ni Jacques ni su madre le habían dado razones para el odio. Para el desprecio sí, sobradas; pero nadie mataba o se vengaba por desprecio. ¿Entonces? ¿Cuál era el motivo de aquel encarnizamiento? Ellos sacudirán la cabeza.

—Se nota que no has visto lo que nosotros. En un mundo donde hay violadores de bebés el porqué sólo puede llevarte a la locura.

"Brutal orgía de sangre en París..." Los titulares del programa de sucesos en la pantalla del rincón demuestran que están en lo cierto, que el crimen no necesita razones, pero ni en este bar de carretera, ni encerrado en un piso ajeno resulta fácil evitar las preguntas peligrosas. Jacques hizo lo que pudo para entretenerse: hojeó un ejemplar de *Mujer de Hoy*; vio en la televisión una tertulia sobre la diabetes. Desde las estanterías sin libros, fotos de caras desconocidas lo escrutaban como a un intruso. En la de arriba, las probables hermanas, tías y madres eran esbozos fallidos de un mismo modelo, siempre con un detalle que corregir: la nariz chata, la boca grande, la expresión insípida. En la de abajo, el hijo, con uno, trece, diecisiete años, iba acumulando *piercings* y odio contra el mundo. Había también una colección de objetos que Jacques no supo identificar: pequeños envases de distintos colores y forma más o menos redonda, provistos de una especie de palillo para remover.

Todo aquello, incluido el póster de Córdoba, evocaba una vida en la que Jacques no existía, ni siquiera como una remota posibilidad. Incómodo, se levantó del sofá y se dirigió hacia el dormitorio de María José. Abrió la puerta corredera del armario y pasó su mano por la hilera de vestidos. Sintió el tacto de las telas, tan variado como las ocasiones en que habrían sido llevadas: días de fiesta y de luto, noches de diversión o de soledad sobre las que Jacques nada sabía. En la oscuridad de la parte baja, los zapatos parecían abandonados, inservibles, como si cada uno de ellos hubiera llegado al final de un camino. Jacques abrió un cajón lateral; las bragas y los sostenes subieron igual que una levadura y se desparramaron por el suelo, creando la ilusión de una noche de amor. Jacques se sintió decepcionado al no encontrar rastro de la chaqueta de motorista, los zapatos de vertiginoso tacón o el sostén de lentejuelas, pero enseguida se dijo que el *Edén* debía de tener camerinos donde guardar la ropa de las bailarinas.

Empezaba a arrepentirse de su intrusión en el dormitorio, cuando se fijó en una foto sobre la mesilla de noche. Mostraba a un hombre y una niña a lomos de un caballo, en medio de una inmensa llanura apenas interrumpida en la lejanía por la silueta de una casa con el tejado azul. Jacques se sentó en el borde de la cama, cogió la foto y la examinó con atención. El tiempo comenzaba ya a consumir los colores. Aun así todavía se distinguían el verde pálido de la hierba, el pelaje cobrizo de la montura y, sobre todo, el negro de las botas, el chaleco y el sombrero del jinete que sostenía a la pequeña. ¿Quién era ese hombre apuesto que señalaba hacia el frente con el dedo índice? ¿El padre de María José? Eso querría decir que esa luminosa niña de cinco o seis años, que reía mientras intentaba atrapar en el aire algo a lo que el jinete apuntaba (¿un vilano?, ¿un insecto?), tenía que ser la mujer que Jacques había conocido en un sórdido bar de Madrid, o probablemente algo antes, en la aún más sórdida penumbra de una *sex-shop*. Al ser tomada, la foto habría hablado del futuro, de la extensión invisible que las dos figuras tenían delante y hacia la que ambos avanzaban con alegría. Casi treinta años después ese horizonte había desaparecido y sólo quedaba la infinita llanura del pasado a sus espaldas, un abismo horizontal en el que muy pronto ambos se perderían, como si nunca hubieran existido. El ruido de una llave en la cerradura sacó a Jacques de su ensimismamiento. Dejó la foto en la mesilla de noche y corrió a encerrarse en el cuarto de baño. Se quedó unos minutos dentro, sentado en la taza del váter. "La gente se arregla todos los días el cabello. ¿Por qué no el corazón?", decía una frase anónima enmarcada junto al lavabo. Jacques salió sin molestarse en tirar de la cadena. María José lo aguardaba sonriente en el sofá.

—He terminado antes el trabajo –le anunció–. Tengo una sorpresa para ti.

Llevó las bolsas de la compra a la cocina y le pidió que esperara en el salón. Para hacer más llevadera la impaciencia le sacó una cerveza y unas latas de aceitunas rellenas y le puso un video de su viaje organizado a Italia. Mientras un grupo de treinteañeras comía espaguetis o se fotografiaba junto a gladiadores en el Foro, Jacques escuchó el cacharreo en la cocina y el ruido de la ducha. Por fin, más de una hora después, la anfitriona emergió del dormitorio. Iba muy maquillada, con un vestido de noche barato que sólo las formas de su cuerpo volvían provocativo. Se había arreglado el pelo, ¿también el corazón?

El pelo y el corazón de Jacques estaban ambos igual de alborotados. El rojo de los labios de María José y la palidez de su escote eran los del *Suez*; hacían que el pulso le latiera en las sienes con la violencia de un tema de *rock*. Al mismo tiempo, no lograba olvidar la fotografía del dormitorio. La expresión ilusionada de la niña a caballo se superponía al rostro pintado que tenía delante. Jacques no sabía ya muy bien quién era la mujer con la que iba a compartir esa cena.

En el centro de la mesa del salón María José colocó la torre Eiffel dorada que él le había comprado en una tienda de souvenirs de la Gare d'Austerlitz; a su alrededor, unas asfixiantes velas aromatizadas que apenas si iluminaban los platos del menú francés: volovanes con bechamel, lenguado *meunier*, *mousse* de chocolate.

—No estará tan rico como en tu país —se excusó María José.

—Por supuesto que sí —mintió Jacques—. Hacía largo tiempo que no gustaba nada tan óptimo.

—Me alegro un montón. ¿Te acuerdas de lo que te dije ayer?

—¿Sobre los albano-kosovares?

—No, hombre. Sobre la escuela esa en Londres.

—Sí.

—¿Y?

—Haré cuanto sea en mi mano.

—Te lo agradezco de corazón. Mi hijo necesita lo que el psicólogo del instituto llama un modelo paterno. Un hombre serio que tenga autoridad y pueda ayudarle. También yo estoy harta de caraduras que te prometen el oro y el moro y luego sólo van a lo que van. Tú eres distinto. No quieres aparentar. Eres el que eres y ya está. ¿O no? —Jacques se limitó a asentir con la cabeza. María José dio un largo trago a su copa de vino y suspiró—. De cuando en cuando hay que echar una canita al aire. Si no una acaba muriéndose del asco. Imagínate estar todo el santo día dando vueltas a veinte metros bajo tierra. Es para volverse loca. Te juro que a veces me da por pensar que estoy muerta. Menos mal que no todo son sinsabores y hay momentos como este. Estaba todavía más locuaz que de costumbre. Su manera de hablar le embriagaba con mucha más fuerza que el mediocre Bordeaux de supermercado.

—Resulta tan raro para una currante como yo vivir una cena tan romántica…

Jacques imaginó esa lengua contra su sexo, el placer que le procurarían entonces las vibraciones de la erre doble. Se levantó de la silla. María José le tendió los brazos, como si hubiera estado esperando ese momento desde hacía mucho. Jacques se precipitó sobre el órgano jugoso y rosado que ella le ofrecía, lo atrapó en su boca, lo saboreó, lo estrujó, lo succionó.

—¡Bruto! –gritó María José, apartándolo bruscamente con sus brazos– Me has hecho daño. –Después de un momento de desconcierto, esbozó una sonrisa turbia y se desabrochó el escote–: Me gustan los hombres con carácter.

Los pechos se liberaron del sujetador con un estallido blanco. A Jacques le parecieron más grandes que los de la bailarina del *Suez*. ¿Se trataba de una falsa impresión provocada por la cercanía? Enseguida iba a salir de dudas para siempre. Jacques buscó los pezones con la avidez de un recién nacido, mientras María José lo arrastraba al sofá y perdía las manos en su entrepierna inflamada.

—Oh, Jacques, *mon cherí, mon amur!*

Jacques se detuvo como si hubiera recibido una descarga eléctrica.

—*Ye sui a tuá, ye tem bocú!*

Paralizado, Jacques contempló con horror la boca entreabierta que acababa de pronunciar esas palabras con el acento macarrónico de su madre. El maquillaje corrido por el sudor, las ubres colgantes: el hechizo se había desvanecido, se encontraba en presencia de una extraña.

—Las he aprendido para ti —murmuró María José. Y luego, espantada—: ¿Qué te pasa? —Aceleró el movimiento de su mano, adelante y atrás, como si estuviera accionando un inflador. Jacques luchó por incorporarse, por liberarse de la mano que se resistía a abandonar su bragueta—. No te preocupes —le susurró ella—. Tenemos tiempo...

Tiempo. Trampa. Tumba. Sonó como una amenaza. Jacques retrocedió, con la vista puesta en la puerta, en la ventana. No entendía nada de lo que estaba pasando. Habría querido encogerse y desaparecer a la misma velocidad que su sexo. Desde el suelo, hecha un ovillo de ropa, María José consiguió ponerse de rodillas y rozarlo con su boca. Con un gesto brusco, Jacques se deshizo del abrazo, y se quedó inmóvil en un rincón de la habitación observándola despeinada, jadeante.

—Yo no... no sé... de... desolado...

El tartamudeo de su infancia resurgió y le impidió articular una sola frase. Se veía a sí mismo desde muy lejos, un diminuto cuerpo muerto, olvidado en el salón de una desconocida. Se llevó las manos a la cara. Cuando volvió a retirarlas unos instantes después María José seguía allí, desconcertada. Jacques se subió rápido los pantalones y avanzó como un sonámbulo por el pasillo hasta encontrar refugio en la habitación del hijo.

XIII

Y A BASTA. Has ido demasiado lejos: no dirás ni una palabra más sobre esa escena vergonzosa, ni sobre la noche en vela que siguió. Podrías habértela callado y nadie la habría echado de menos. Esperas que, por lo menos, el relato de ese episodio disipe las dudas de tus interrogadores y les convenza definitivamente de tu sinceridad.

Jacques sólo volvió a salir del cuarto a la mañana siguiente, cuando estuvo seguro de que María José ya se había marchado a trabajar. No aguantó en la cárcel del piso. El riesgo de que lo encontraran era menos fuerte que la necesidad de respirar aire fresco y alejarse del escenario de su humillación.

La ciudad estaba invadida de palomas. Parecían todas enfermas, malformadas por una lluvia ácida, mensajeras tullidas que hubieran perdido hace años su rumbo y su misiva. Como nieve sucia, sus cagadas cubrían las antenas parabólicas, los bancos donde se sentaban los ancianos y las embarazadas, las bombonas de butano en los balcones, los escaparates que exhibían pijamas y zapatillas de casa. Bajo el cielo azul hule y su luz de probador la ciudad se exhibía impúdica, campechana, igual que un anfitrión en calzoncillos.

Jacques se sorprendió añorando el esmoquin de brumas de París, la distancia que imponía su belleza. El sentimiento se volvió cuchillada al desembocar en el Manzanares. Ante ese desagüe de cloacas salpicado de casetas de patos, Jacques recordó con nostalgia la corriente majestuosa del Sena, los cargueros que se llevaban al pensamiento de viaje a través de un horizonte musical de puentes y cúpulas.

Aquí falta agua y allí luz, pensó Jacques. Aquí todo está demasiado cerca y allí demasiado lejos. Aquí no se puede vivir y allí tampoco.

Anduvo sin dirección, les dirás, mirando hacia atrás a cada paso, temiendo las esquinas. Al cabo de media hora se encontró con una biblioteca municipal. Se dijo que nada malo podría ocurrirle en su interior, entre jubilados y estudiantes que preparaban los exámenes.

—¿Disponen de información sobre la iglesia de San Antonio de la Florida? —solicitó Jacques a la bibliotecaria.

—Busque por Goya.

—¿El tren? —preguntó Jacques, sin pensar.

La bibliotecaria emitió un gruñido y le señaló una estantería del fondo. *Francisco de Goya y Lucientes: vida y obra.* Jacques se llevó la gruesa biografía a una mesa junto a la ventana y allí la leyó a salto de mata durante horas. Había supuesto sin curiosidad que el nombre del tren-hotel sería el de un presidente o un ingeniero ferroviario. Se equivocaba: Goya, pintor español. Aragonés. Universal. Sordo (desde los cuarenta y seis, casi su misma edad). De joven siente atracción por las ideas progresistas francesas. Empieza a aprender francés, escribe una carta en este idioma a su amigo Zapater: *"Je crains que tu es besoin d'un dictionaire pour deviner les mots, tu n'en a pas je t'enverrai le mien"* (sería un genio, pero no escribía francés mejor que él español). Por alguna razón —algo relacionado con Aranjuez, el Antiguo

Régimen, un Fernando séptimo y un José primero– Napoleón invade España y Goya se ve divido entre su admiración por Francia y su sentimiento patriótico. Escoge al pueblo español y el pueblo español gana. Pero la Historia siempre se repite, y diez años más tarde, por alguna otra razón (¿o era la misma?) se produce una nueva invasión del ejército francés los Cien Mil Hijos de San Luis. Como tantos otros afrancesados, Goya debe exiliarse a París. De ahí pasa a Burdeos, adonde, según su amigo Moratín, llega "sordo, viejo, torpe y débil y sin saber una palabra de francés" (¿habría olvidado del todo el idioma?). En los tres últimos años de vida trayectos Burdeos-Madrid, Madrid-Burdeos cruzando los Pirineos a pie, en burro (no había tren, ¿habría maletas?) hasta que la muerte lo alcanza en tierra extranjera. No fue su último viaje: en 1919 sus restos atraviesan otra vez la frontera para ser sepultados en la ermita de San Antonio de la Florida, que había decorado al fresco más de un siglo antes.

San Antonio de la Florida.

¿Por qué Eusebio le había hablado de esa iglesia justo antes de mandarlo a la muerte? Sabía que Jacques no la vería nunca, que no volvería al Patria Querida para contarle cómo había cambiado. Aun así le había descrito con detalle a los niños que jugaban en la cúpula, a las ángelas con ojos negros y piel de leche. "Ve a San Antonio y comprenderás": esas habían sido sus palabras. No quedaba ya nada por comprender: Eusebio había disfrazado el final inminente de Jacques con el suyo propio. Octogenario y paralítico, había sacrificado al hijo de su antigua amante para disfrutar unos momentos más del único cielo en que de verdad creía: el infierno de su egoísta y desesperada supervivencia. No era Eusebio quien deseaba volver a un paraíso perdido, sino

Jacques. Ese deseo, camuflado con el deseo de otro, había estado a punto de costarle la vida. Todo estaba ya claro y, sin embargo, aun ahora, comprendido el engaño, Jacques sentía que esa iglesia convertida en tumba seguía atrayéndolo con la promesa de una última revelación.

El anexo del libro incluía reproducciones de obras de Goya. Jacques no se detuvo en los retratos. Se fijó en cambio en *Los Caprichos.* "Ydioma universal. Dibujado y grabado por Francisco de Goya año 1797". *El sueño de la razón produce monstruos. Nadie se conoce. No hay quien nos desate. La filiación.* Cuerpos despedazados, brujas pellejosas, muecas contrahechas: Jacques sentía agitarse en su interior el recuerdo de sofocadas pesadillas infantiles. Esos grabados eran la locura de alguien incapaz de olvidar ni un solo sueño. El idioma universal de las tinieblas se ensombrecía hasta el límite en los últimos cuadros. Jacques no pudo dejar de estremecerse ante *Saturno devorando a su hijo.* La mirada enloquecida del padre mientras desgarraba el cuerpo mutilado y sanguinolento del bebé proclamaba la ley de este universo caníbal: el tiempo se alimenta de tiempo, la violencia de violencia, las palabras de palabras.

Cuando Jacques salió de la biblioteca, una noche cerrada se abría sobre el mundo. Tuvo la impresión de seguir en el abismo de las pinturas negras. La calle por la que avanzaba estaba concurrida y mal iluminada. Las caras eran meros fogonazos en los campos de luz; en cambio, las conversaciones, confundidas con la oscuridad, duraban en el aire sin viento.

O sea que. Anda y que le zurzan de vez en cuando mil pavos. Vale. La muy guarra se quedó tan hombre no me digas ancha puta madre. Full de Estambul. Genial. De buena tinta.

A ver si va a resultar que voy a ser yo la que cojonudo informes para. Pues bueno. Ni fu ni fa. No pondría yo la mano en el ojo con el fuego. Por Dios no me powerpoint. Y un huevo. Te lo arreglo yo en un jodas. Si tú lo dices. Basta. Santiamén. Jacques se sentía un paria en un mundo de lenguas y sexos que funcionaban. Pensó en Goya, exiliado en Francia, sordo. Se paró en medio de la calle y se tapó los oídos con fuerza. El ruido de las conversaciones cesó. Manchas de luz, parpadeos morados y verdes, filamentos rojos y amarillos pincelando el lienzo de la noche. El cuadro que veía era el de cualquier ciudad. El destierro sólo estaba en la lengua.

No habría vuelto al piso de María José de no ser por la maleta. Ella le abrió la puerta con los ojos enrojecidos. Debía de haber estado llorando mientras cenaba. Su voz sonaba ronca de tanto fumar, sus gestos habían degenerado en tics nerviosos. Jacques se preguntó si se habría metido droga.

—Pensaba que eras alguien serio, que se podía contar contigo —dijo María José a bocajarro, sin esperar respuesta–. Menuda boba. Ni a la de tres aprendo. Me has mentido. No eres un hombre de negocios. Eres un canalla, como los demás. Todos iguales. Tú, Rafa, mi hijo, mi propio hijo. Está harto de mí, no quiere volver a verme; se va a buscar la vida solo. Eso me ha dicho. A los diecisiete años, ¡por Dios! Le han sorbido el seso. Una secta. O la mafia, a saber. Con tal de que no acabe en la cárcel. De que no le hagan daño... Me llama, me suelta eso y yo sola, como siempre. Porque lo que es tú... Te dejo que te quedes aquí y tú te largas cuando te viene en gana, sin ni siquiera avisarme, como si esto fuera un hotel.

—Lo lamento profundamente —se excusó Jacques–. Tenía necesidad de hacer un paseo. Me sentía enfermado aquí dentro.

María José le lanzó una mirada feroz.

—¡Vaya! ¡Qué delicado el señorito! –Era obvio que pensaba hacerle pagar la humillación de la víspera–. No me extraña que te enfermes con lo limpito que eres. Porque esa es otra. Tenías que ver cómo has dejado el inodoro. Menudo espectáculo. De cine. Dime: ¿en tu país no hay cadenas?

—Por supuesto que sí.

—¿Y qué? ¿Cómo si no existieran?

—En general no las consagro mucha atención. No son muy buenas.

—¿De qué vas? ¿Te estás quedando conmigo o qué?

—Yo no me he quedado con nada. A mi parecer es preferible leer.

—¡Ya! ¡En el váter! Y que otros vean tu mierda. ¡Mírale! ¡Tan pancho! ¿Cómo no se te cae la cara de vergüenza? Si piensas que vas a salirte con la tuya...

—¿Cuál?

—¿Cómo que cuál? No sabía que fueses tan cabrón, Jacques. Yo confiaba en ti, pensaba que podrías ayudarnos. ¡Eso me pasa por gilipollas, por fiarme de los hombres!

—No entiendo por qué montas en cólera. Todo el mundo tiene diferentes aficiones. La televisión tiene algunas cosas buenas. Los documentarios de animales...

—¿De qué coño hablas? –gritó María José–. No sé si estás como una puta cabra o me quieres dar gato por liebre, pero te juro por mis huevos que a estas alturas yo no voy a ser la chacha de nadie.

Jacques comprendió que aquella conversación no llevaba a ninguna parte. De pronto la ficción de que hablaban una misma lengua se había desvanecido. Estaban cara a cara, sin máscaras, como dos desconocidos.

—Mañana pronto me voy. ¡*Rassúrate*!

En lugar de *se rassurer*, de tranquilizarse, María José fue presa de un violento ataque de ira.

—¡Fuera! ¡Fuera grandísimo hijo de puta! ¡Soy yo la que te va a rasurar los cojones si no desapareces de mi vista! ¡Voy a llamar a la policía, ¿oyes?! ¡A mí no me insulta nadie! Y menos un gabacho impotente que no sabe ni hablar...

Entonces, pensarán ellos, fue cuando Jacques sacó la pistola y disparó. Una vez más se equivocan. La verdad no siempre es lo más plausible. Si conocieran a Jacques (¿por qué habrían de conocerle?, ¿te conoces tú a ti mismo?) sabrían que, por violenta que fuera esa discusión, por mucho miedo que tuviera a ser denunciado, nunca habría atentado contra la mujer que lo había acogido en su casa. Lo más digno habría sido sin duda agarrar la maleta y marcharse para siempre, pero en ese momento a Jacques la dignidad le traía sin cuidado. Por encima de todo se sentía cansado; no quería pelearse más con el destino ni las palabras. Conocía ya la debilidad de María José; sabía que no haría nada para echarle de allí, aterrada como estaba por su soledad.

Mientras se desvestía y se metía en la cama del hijo, Jacques escuchó su llanto en el salón. Cada uno de esos gemidos era una llamada de auxilio. Seguramente habría bastado un gesto de cariño para tenerla otra vez a sus pies, pero Jacques no creía ya en el anzuelo de felicidad que había intuido junto a ella. Su única esperanza estaba puesta en el sueño, al que imaginaba susurrando en el umbral de la puerta, sin atreverse a entrar. En la penumbra las formas de las pesas empezaron a enredarse con los tentáculos de las redes del metro que salían de los mapas colgados en el tablón frente a la cama.

Soñó con un inmenso cementerio de palomas. Las alas tronchadas se extendían hasta donde alcanzaba la vista. Jacques caminaba por ese campo de cadáveres, haciendo crujir los cuerpos sin vida. De pronto, en medio de la masacre, descubría un pequeño papel que brillaba como un metal. Jacques se agachaba y trataba de descifrar el mensaje; las letras se convertían en gusanos y caían a la hojarasca de carroña.

No sabrías decirles si lo despertó la pesadilla o los susurros que venían del salón. "Poquaceso", "noayecho", "quiemoí"… En la duermevela las fronteras del tiempo y de las palabras se deshacían. De pronto era otra vez niño. De pronto la vida era una orilla que transcurría alrededor del cauce eterno del idioma. Todavía medio dormido, Jacques se olvidó de comprender, y entonces se le reveló el secreto de aquel murmullo: María José estaba denunciándolo. ¿A la policía? ¿A los hombres de Eusebio? ¿A los del Empresario? No tuvo tiempo de entretenerse con esas preguntas. El torrente de las voces se volvió un chisporroteo; el chisporroteo, el crepitar de un incendio que enseguida iba a atraparlo.

Se levantó de la cama. El mareo provocado por el cambio brusco de posición estuvo a punto de hacerle caer; los pósteres y los muñecos se desdoblaban en la penumbra, como si existieran simultáneamente en dos tiempos diferentes. Lo atenazó la impresión de haberse visto ya antes en ese mismo trance. ¿Dónde? ¿Cuándo? Las voces en el salón aumentaron de volumen hasta convertirse en gritos. A tientas Jacques buscó los pantalones y la maleta debajo de la cama. Se dirigió hacia el cajón del armario donde había escondido la pistola el día anterior. Rebuscó entre los calcetines pero no la encontró: alguien se la había robado.

Entonces se escuchó la detonación. Imposible acostumbrarse a ese ruido brutal, el estrépito de una vida al partirse en dos. Jacques lo dejó remitir y luego, sin pensar en el peligro, corrió al salón. María José estaba en el suelo, con la espalda apoyada contra el pie del sofá y el camisón cubierto de sangre. Junto a ella el teléfono inalámbrico y la pistola. Había apuntado casi a la altura de la clavícula, muy por encima de la muerte. Al igual que la primera vez, cuando se cortó las venas estando embarazada, no había querido morir, sino lanzar una última llamada desesperada. Sólo que ni el padre, entonces, ni el hijo, ahora, la habían escuchado. En representación suya sólo estaba Jacques en el umbral del salón, con los ojos legañosos fijos en los de María José, desorbitados, incrédulos, como si lo que acabara de suceder fuera el resultado de un estúpido accidente.

Que recapaciten: si de verdad las cosas no hubieran sucedido como tú las cuentas y Jacques hubiera disparado contra María José, ¿por qué se habría tomado la molestia de ayudarla? Lo único lógico entonces hubiera sido huir de allí cuanto antes. Hizo exactamente lo contrario. Corrió a la cocina, mojó varios trapos, los aplicó sobre la herida, tendió a María José sobre el sofá mientras le susurraba palabras de ánimo: "No te inquietes... Todo va ir bien... No va a arribarte nada...". Esa frenética actividad era la única manera de evitar la parálisis que le había invadido en el piso franco. No había que pensar, no había que pararse; de lo contrario, su conciencia podía desangrarse también en el vacío que iba ganando la mirada de María José.

Pegado con un imán a la nevera había una lista de teléfonos de emergencia. Jacques marcó el de urgencias médicas. Al otro lado de la línea lo recibió un pegadizo tema de música clásica, parecido al que había oído en el funeral de su madre. Jacques supo que si por casualidad volvía a escucharlo en alguna otra ocasión —una visita al dentista o a un centro comercial— reviviría exactamente ese momento, la angustia de saber que una mujer se desangraba junto a él —y entonces tendría que salir corriendo de dondequiera que estuviese en busca de una bocanada de aire y olvido.

—Urgencias, dígame.

Hipnotizado por la música, que parecía no ir a acabar nunca, Jacques tardó unos segundos en reaccionar. Tartamudeó que se había producido un accidente grave, que la vida de una mujer estaba en peligro y que era imprescindible...

—¿Dirección? —interrumpió la funcionarial voz femenina.

Calle Expósito Buenaventura... ¿Qué número? Jacques no lograba recordarlo.

—¿Nombre de la accidentada?

María José... ¿Qué más? Jacques colgó. Miró a su alrededor, perdido. Notaba la presión en los oídos, en el pecho. La crisis de asma lo obligó a abrir mucho la boca y a respirar hondo. En el sofá, María José parecía desmayada. ¿O era la Muerte la que empezaba a distender sus rasgos?

Se dirigió al dormitorio de María José. Rebuscó en el cajón de la mesilla de noche. Cajetillas de tabaco, píldoras, decenas de píldoras de diferentes formas y colores. Una factura de teléfono atrasada: calle Expósito Buenaventura veintitrés. También un pasaporte. María José Sanguinetti. Metro setenta. Ojos color café. Lugar de nacimiento: Córdoba, Provincia de Córdoba, República Argentina.

Zozobró. Las cosas a su alrededor empezaron a zarandearse con un vaivén de naufragio. ¿Dónde agarrarse? Nada estaba en su sitio. Aquí, allá, dentro, fuera: todas esas referencias dejaron de tener sentido. De pronto estaba lejos, no de Madrid, ni de París, ni de ningún otro lugar, sino lejos de todo, a una distancia irremediable. Me ha engañado, pensó Jacques, pero enseguida, mientras repasaba a toda velocidad sus conversaciones con María José en busca de indicios, tuvo que aceptar que ella nunca le había ocultado nada; que, una vez más, él mismo se había construido su propia mentira. Si María José no era española, ¿quién lo era? ¿Había alguien que de verdad viviera en su país?

En otras circunstancias el vértigo habría durado días. No entonces. Vivía en el tiempo de la sangre que huía de un cuerpo, más veloz que el de cualquier cronómetro, sin lugar para las preguntas. Volvió a llamar. Volvió a escuchar la música clásica y la voz gélida y maquinal.

—He telefoneado antes. La comunicación se ha interrumpido. Ha habido un accidente. Está urgente, urgente...

Ahora supo dar los datos que le pidió la teleoperadora. Un lugar, un nombre: la desgracia quedó localizada en la inmensa indiferencia que traducía esa voz, tan ajena a lo que vivía Jacques como el zumbido de la nevera o el murmullo del tráfico en la ciudad medio dormida. No se pueden haber borrado del todo esas conversaciones. En algún lugar, entre los miles de testimonios cotidianos de suicidios, atropellos, caídas, infartos, incendios, tiene que quedar constancia de esas dos llamadas, la prueba de la inocencia de Jacques y de la fiabilidad de este relato.

—Nuestros agentes llegarán al domicilio indicado en un plazo estimado entre cinco y diez minutos —recitó la voz—. ¿Podría decirme su identidad, por favor?

—¿Perdón?

—Le recuerdo que el suministro de datos falsos a un servicio público de atención al ciudadano puede ser objeto de demandas judiciales. –Y luego, cansada de cumplir con su papel, la voz añadió brutalmente–: ¿Quién es usted?

Jacques vaciló un instante.

—Soy el hijo –contestó.

Volvió al salón. María José seguía en la misma posición. Respiraba. Eso era lo más importante: el pecho subía y bajaba exageradamente, convertido en un gran corazón cuyo único objetivo era no dejar de latir. Cinco o diez minutos: ¿cuánto sería traducido al tiempo de la sangre que empapaba los trapos? Jacques se acercó al sofá. Los labios de María José se movían, dejaban escapar un ruido sordo.

—Tranquila. Llegarán muy pronto –dijo Jacques.

Su voz sonó extraña en el salón –vacío, ibas a decir "en el salón vacío", como si María José hubiera dejado ya de ser una presencia. Ella no respondió, ni siquiera pareció oírle. Sus labios seguían entreabriéndose; ahora su cabeza oscilaba de un lado a otro. ¿Qué estarían viendo sus ojos cerrados? No ese salón, vacío a pesar de ellos dos, ni la ciudad, extranjera a pesar de los veinte años que había vivido en ella. Vería su país natal. Córdoba. La llanura sin fin. Al padre apuesto montado a caballo. La casa de tejado azul. Quizás por eso había disparado contra sí misma: para poder volver a ese refugio, a esa vida al abrigo de la vida.

—No vas morir –dijo Jacques.

La frase sonó hueca, con la entonación forzada de quien se dirige a un niño que no sabe hablar. María José levantó débilmente el brazo derecho; su mano se abrió y se cerró en el aire. Jacques vio a la bailarina del *Suez*, a la niña de la foto. ¿Qué quería agarrar? ¿Un vilano? ¿La barra metálica de un *peep-show*? Jacques nunca lo sabría. Tenía que irse ya, antes de que llegara la ambulancia. Incluso si María José sobrevivía, lo más seguro es que no volviera a verla nunca.

Fue esa idea la que le impulsó a hacer algo que aún no sabes si te atreverás a contarles –que apenas si consigues confesarte a ti mismo. Que no te pidan explicaciones. Ni siquiera tú entiendes a Jacques. Incluso para ti, les repetirás, ha sido siempre un desconocido. Podrías decir que la posibilidad de no conocer nunca el secreto de María José se le volvió intolerable. ¿Quién no ha conocido momentos en los que la curiosidad es más fuerte que cualquier sentido de la moral o la decencia?

En el fondo sabes que nada basta para justificar que Jacques se agachara junto a una mujer malherida y –con delicadeza, eso sí, atento a perturbar lo menos posible el sopor en el que estaba sumida– le bajara los vaqueros y luego las bragas hasta los tobillos. Se quedó mirando la oscuridad del vello púbico. Pensó que había tenido tiempo de crecer desde su primera visita al *Edén* y ocultar el ancla. Despacio, como quien se asoma a un abismo, se inclinó hacia el sexo y apartó con los dedos el tupido velo rizado.

Entonces, desde el corazón de la madrugada sonó una sirena, más parecida a la de un barco que naufraga que a la de una ambulancia. Jacques se levantó de un salto. María José se contraía, se agitaba, su queja ronca había aumentado de intensidad. Observó su rostro: ahora que el equívoco se había disipado, tenía la impresión de verlo por primera vez. Libre de las sombras del *Edén*, parecía más joven y frágil, el rostro de una pobre desterrada como él –la nostalgia de Jacques tenía que atravesar una lengua, la de ella un océano. Pese al dolor y al miedo y al sudor que desfiguraban sus rasgos, Jacques comprendió que podría haber amado a esa extranjera. Lo pensaba ahora, cuando ya era demasiado tarde y la sirena se acercaba y el mismo gesto que le había permitido ahuyentar al espectro del *Edén* le impedía mirarla a los ojos sin avergonzarse.

—¿Eso fue todo? –interrumpirán ellos–. ¿Pretendes que confiemos en alguien capaz de aprovecharse de una mujer medio muerta y abandonarla con los pantalones y las bragas bajados?

Se podría invertir el razonamiento: ¿cómo no creer a alguien capaz de confesar algo semejante? Es cierto que ese acto no convierte a Jacques en un violador, ni mucho menos en un asesino, pero eso no quiere decir que tú quieras exculparlo. Sin duda merece un castigo. Quizás su vida no haya sido sino una larga condena en previsión de ese gesto. Por lo menos podía haber cubierto de alguna manera ese cuerpo medio desnudo. Pero no tenía tiempo. No podían encontrarlo allí. El ulular de la sirena remitió un momento para volver a resurgir con más intensidad. Jacques recogió la pistola y la maleta del suelo y se dirigió hacia la puerta del salón. Ya en el umbral echó una última mirada atrás. El brazo de María José se alzó en el aire y su mano se cerró en el vacío.

Ya fuera del piso, Jacques sintió cómo sus piernas temblaban. Al tercer peldaño resbaló y todo su cuerpo se precipitó escaleras abajo, a la deriva. Se levantó como pudo en el rellano. La ceja le sangraba y su hombro escupía dolor. Consiguió alcanzar la calle en el preciso momento en que la ambulancia doblaba la esquina y aceleraba hacia el portal de María José. Jacques se alejó por la acera sin volver la cabeza. A unas manzanas de allí estuvo a punto de derrumbarse sobre el asfalto. Distinguió un taxi en la indecisión del amanecer. Un latigazo lo sacudió al levantar la mano. El conductor miró alarmado su cara cubierta de sangre.

—¿Al hospital?

Jacques dudó un momento.

—A San Antonio de la Florida.

XIV

EL HOMBRE ALTO SE LEVANTA DE LA BARRA DEL BAR, harto del incómodo taburete de plástico. Se quita el largo abrigo negro, recoge el de su colega y los cuelga en el perchero de la entrada. Corbata, los dos llevan corbata. Tu nuez salta en la garganta. A eso han venido entonces: a aplicarte el mismo castigo que a los dos muertos de Madrid, a abrirte una segunda boca con la que seguir hablando por toda la eternidad.

—Sabemos que te gusta mentir y hacerte pasar por otros –dirán–. Te vamos a dibujar una gran sonrisa de comediante, Jacques Munoz.

Tu lengua se contorsiona de pánico, busca huir entre una tromba de palabras: se equivocan, yo no soy él, nunca lo he sido, siempre me ha resultado un extranjero, desde niño supe que yo no me llamaba así, compréndanlo, mi nombre es cualquier otro, Jean-Pierre, Jean-Pierre Durand, ingeniero, casado, padre de familia...

No va a bastar. Tu cuerpo cubierto de hematomas va a tener que acompañar a tu lengua en esa fuga desesperada. No importa que los dos sicarios vigilen la única salida del bar, que con tanto brandy no estés seguro de mantener el equilibrio. Vas a sacar la pistola de tu bolsillo y a apuntar rápido y bien. Vas a aprovechar la confusión para ganar la puerta. Luego Dios dirá –qué y en qué idioma no lo sabes.

—Y va el juez y pregunta: "¿Entonces la violaron contra su voluntad?". Y la tía contesta: "No, contra la pared...".

Las carcajadas ahogan por un momento tu pulso desenfrenado. Aún tienes tiempo. No pueden hacerte nada mientras en la mesa del centro los camioneros sigan contando repugnantes chistes verdes. Las corbatas son blancas, idénticas a las de los hombres del *Terminus*. Eso significa que vienen de París, que quizás no hayan descubierto todavía la jugada del Empresario e ignoren que te dejaste cambiar la Samsonite. Estarán dispuestos a todo con tal de recuperar la maleta que creen auténtica y tú eres el único que sabe su paradero. No te tocarán la lengua hasta que no les digas dónde está.

Esta confesión es lo único que te queda. Sientes que, aunque quisieras, no podrías interrumpirla. En tu imaginación, en tu recuerdo –¿no son lo mismo?– el taxi circula rápido por las calles medio vacías, rumbo a la revelación. A Jacques no parece preocuparle dirigirse a su final: tiene prisa. Y tú lo acompañas, estos embriones de palabras te arrastran también, y no importa que esta historia no vaya a salvarlo a él, ni a ti, ni a nadie. Notas el cosquilleo de las frases en la garganta y piensas en la masacre de la fecundación, cientos de millones de espermatozoides muertos en la inmensidad de la vagina, cientos de millones de palabras agitándose en la negrura de tu mente con la incierta promesa de unos oídos donde nacer y develar por fin su verdad.

En la explanada de San Antonio de la Florida, explicarás al vacío –o explicará la lengua al vacío a través de ese otro vacío que eres tú–, había dos iglesias iguales. Pequeñas, sobrias, pintadas de gris y amarillo pastel: tan indistinguibles como las dos maletas. Jacques, por supuesto, se equivocó al escoger. Fue a parar a la moderna, la cual, según informaba una placa en la entrada, había sido construida en los años veinte, cuando la original del siglo XVIII se convirtió en museo. Tuvo que esperar a que abrieran, envuelto en el frío y el dolor, acosado por el recuerdo de María José. Después de casi una hora, un funcionario con uniforme lo dejó pasar. Al escuchar el eco de sus pasos bajo la bóveda, Jacques tuvo la impresión fugaz de volver al pasillo de altos techos con una puerta roja al fondo que había imaginado en el piso franco. Arriba, en el caldo de cultivo de la luz, hormigueaban los colores: el verde colina, el azul distancia, el ocre páramo. Entre la multitud festiva que inundaba la cúpula no le costó reconocer a los personajes que le había descrito Eusebio: la novia con el velo extendido, las parejas bailando, el niño subido a la reja del balcón que parecía ir a caer en los brazos del espectador. En las pechinas las ángelas seguían teniendo los ojos tan negros y la piel tan blanca. La luz hacía temblar sus alas y sus labios con el presentimiento de un vuelo, de una sonrisa.

Nada había cambiado. El tiempo que había prostituido *El Suez* y vaciado los cines y la Casa de Fieras no había tocado aquella obra de arte. Los paneles de la entrada detallaban una restauración de dieciséis años, hablaban de fisuras, de oxidación, de desprendimiento de estratos debidos a los obuses de la Guerra Civil y al humo de las ceremonias. Dos siglos de agresiones se habían desvanecido como un sueño. Nítidas, brillantes, las figuras que admiraba Jacques estaban más cerca de las originales que las que Eusebio había visto hacía setenta años.

Avanzó hacia el ábside donde se encontraba la tumba del pintor. "Goya. Nació en Fuendetodos 30 marzo 1746. Murió en Burdeos 16 de Abril 1828". Seguramente el artista nunca había imaginado que un día sus restos descansarían allí. O quizás sí. Quizás había intuido que iba a morir como un apátrida vagabundo y tres décadas antes, en la madurez de su talento, se había creado una patria a su medida donde todas las fronteras –cielo y tierra, vejez y juventud, vida y muerte– se confundían igual que los colores en su paleta. Era como si, de alguna forma, Goya ya hubiera estado muerto al pintar esos frescos. La carne incandescente de las ángelas, el intenso rubor de sus mejillas, tenían la vividez de los apuntes al natural; en cambio, las figuras que pululaban en la cúpula resultaban secretamente extrañas, recuerdos de un mundo que fue familiar y se ha vuelto lejano.

Jacques olvidó que le perseguían, que le dolían los hombros y la mandíbula, que apenas si tenía ya fuerzas para seguir sosteniendo la Samsonite. En las esquinas de la ermita habían colocado unos espejos que permitían a los visitantes contemplar los detalles de la cúpula. Jacques se asomó a uno de ellos. Tras su lamentable rostro amoratado, distinguió el chal blanco de una mujer arrobada, con el brazo izquierdo apoyado en el balcón; la joroba de un pordiosero sin dientes; la siniestra expresión de una celestina cubierta con un gran manto ocre. Siguiendo la mirada de esos personajes, la atención de Jacques se centró en la que parecía ser la escena principal: un santo encaramado en una roca, un agonizante lívido y desnudo, un viejo ciego apoyado en un bastón, una mujer con los brazos abiertos. No sin cierto malestar, comprendió que el mensaje del pintor se le escapaba.

Buscó a su alrededor. Las majas, los mendigos y los campesinos de la cúpula charlaban, cotorreaban, exclamaban, rezaban, murmullaban, pero no lo hacían ni en español, ni en francés, sino en una lengua sin país que únicamente Goya, sordo desde hacía seis años, habría podido escuchar. Sólo las ángelas callaban; su belleza era la del silencio en un mundo donde las propias palabras resultaban inaudibles.

Jacques iba a darse por vencido cuando se fijó en una leyenda explicativa a sus espaldas: "El episodio escogido por Goya representa un milagro de San Antonio, monje franciscano del s. XIII. Instalado en Padua, San Antonio recibe la noticia de que su padre ha sido acusado de asesinato. Se desplaza sobrenaturalmente a Lisboa, donde se celebra el proceso, y allí, ante el asombro de la multitud, resucita a la víctima, quien confirma la inocencia de su padre...".

Jacques volvió la vista hacia la cúpula. Todo cobraba sentido: el santo dirigiéndose al muerto recién escapado de la tumba, la mujer con los brazos extendidos en signo de admiración o protesta, el padre ciego, apoyado en ella como en un segundo báculo, aguardando con el rostro grave la confesión de la víctima resucitada. Jacques observó la piel color ceniza del padre injustamente acusado, los mechones de cabello blanco que enmarcaban unos rasgos salientes y severos. Imaginó la cara ausente de las fotografías y los recuerdos, la que ni siquiera había palpado con sus manos de bebé. Se fijó en los labios, exangües de tan apretados. ¿Por qué no decía nada? ¿Por qué no proclamaba él mismo su inocencia?

El resucitado a los pies del padre se disponía a romper ese silencio. Jacques observó su boca, muy abierta, aspirando con ansia el aire de la vida. ¿Quién habría sido ese hombre antes de su asesinato? Ahora era sólo un cuerpo desnudo que nacía por segunda vez, con la piel todavía verdosa por el líquido amniótico de la tumba. El cadáver iba a hablar. El milagro de la pintura, como el de San Antonio, iba a vencer a la muerte, a descubrir la verdad oculta durante tantos años. La palabra se formaba en lo más profundo de los pulmones de la víctima, igual que el llanto de un recién nacido; ascendía por la garganta atenazada por el recuerdo de las tinieblas; agitaba la lengua adormecida por la eternidad interrumpida de la nada...

Una palabra. Una sola palabra muda. La maleta resbaló de las manos de Jacques y golpeó el suelo. Vértigo. Terremoto. El alma a los pies. Jacques sintió que la puerta roja cedía y que los ecos de la Samsonite contra el mármol se multiplicaban hasta el infinito bajo una bóveda donde niños y viejos, doncellas y celestinas, coreaban al unísono el nombre del asesino. ¡Ciegos! Ciego el padre de San Antonio, el suyo, y, sobre todo, él, Jacques, se insultó a sí mismo, mientras en medio del caos resplandecía atormentadora la verdad.

Jacques se tambaleó, se tambalea. Tantos malditos ejercicios para comprender demasiado tarde que los tiempos gramaticales eran un espejismo, que el pasado era su propio presente. La Casa de Fieras, *El Suez*, la falsa acusación contra su padre, la huida, la trampa: nada fue. Todo ha sido, era, es, seguía siendo. O al revés: nada era ahora, todo fue ya entonces, y la historia de Jacques sólo un eco, un tartamudeo. Imaginó a Eusebio contemplando de niño esas pinturas, tramando ya entonces la profecía que su padre comenzó a cumplir y él mismo empezaba a acabar, acababa de continuar, continuaba empezando... Su cabeza y la cúpula giraban en círculo, descubriendo que Jacques Munoz no era más que el futuro y el pasado de otros, la nada donde convergía con un rugido la espiral hambrienta de un Tiempo sin verbos ni piedad.

Horrorizado, desvió la mirada hacia la izquierda de los frescos y allí, entre los niños que jugaban, vio algo que le obligó a apoyarse en la columna para no caer. Un hombre. Un hombre de espaldas. Un hombre de espaldas con un jubón del mismo color que el del padre y un gran sombrero negro tapándole la cabeza. El asesino. El asesino tratando de abrirse paso entre la multitud. El asesino huyendo de la revelación que, en ese mismo momento, a unos pocos metros, su víctima proclamaba al mundo. ¡No lo logrará!, estuvo a punto de gritar Jacques mientras estrujaba con fuerza la pistola en su bolsillo.

Te miran. El camarero, los dos hombres en la barra. ¿Has gritado? ¿Te han oído? Puede ser. Era la prueba de nerviosismo que esperaban. Ahora ya saben cómo suenan tus gritos. No importa. Los desafiarás igual que Jacques desafió el miedo a las esquinas y las miradas furtivas de los paseantes al salir de la iglesia. Era la primera vez que estaba seguro de tener un destino. Nada, ni siquiera la muerte, podría detenerlo en su venganza. Premeditación, alevosía: aceptarás gustoso esos agravantes. Durante demasiado tiempo se había perdido entre dos ciudades, dos historias, dos lenguas. Ahora esa duplicidad convergía en una sola dirección, inseparable como los raíles de la vía de tren. Esta vez, pensó, no tendría que mentirle al viejo antes de cumplir con su deber y apretar el gatillo.

XV

NO TE INTIMIDAN SUS AMENAZADORAS MIRADAS de reojo desde la barra, como tampoco a Jacques le asustaron los ojos fijos en su rostro apaleado al entrar esa tarde en la estación de Chamartín. Era la primera vez que llamaba tanto la atención, como un fantasma al que la muerte de los otros hubiera ido devolviendo un cuerpo cansado y sucio. Su aspecto debía de ser el de alguien que lo ha perdido todo, pero para perder hay que poseer, y Jacques no había poseído nada: ni a María José, ni la maleta, ni esa ciudad que se disponía a abandonar para siempre. De camino a la estación había observado con sorpresa los rascacielos y los centros comerciales. Sólo en el momento de la despedida se daba cuenta de que conocía el Madrid real tan poco como a la María José de carne y hueso, de que había vivido entre las sombras de seres y lugares que nunca existieron. Apresurados, activos, todos los pasajeros a su alrededor atravesaban el presente con un objetivo preciso; todos pronunciaban perfectamente las jotas y las erres; todos habían aprendido mejor que él la lección y se parecían más que él a Jean-Pierre Durand.

Nunca antes había pensado con tanta claridad y nunca antes los pensamientos le habían importado tan poco. La contusión en sus hombros y su mandíbula actuaba como una anestesia contra todo lo que no fuera el propio dolor. Ni siquiera se inmutó cuando, al abrir la puerta del compartimento, se encontró cara a cara con el gigante de enormes orejas. Un signo más. Otra de las coincidencias que marcaban el camino de la fatalidad. Jacques sabía que no se arriesgarían a eliminarlo allí dentro. Si querían negociar con él, que negociaran: conocía perfectamente sus condiciones. No subió la maleta al portaequipajes; se sentó con ella sobre las rodillas, retando la mirada de su compañero de viaje.

—¿Está usted bien?

Jacques trató de esbozar una sonrisa dura.

—Yo ya le he visto a usted antes.

—Y oído –respondió el coloso–. Vivo aquí.

Jacques lo examinó con desconfianza. Ni su respuesta, ni su voz, ni su acento extranjero eran los que había esperado. Temía un nuevo engaño.

—Soy músico –declaró después de haber saboreado la perplejidad de Jacques. Señaló el estuche de violín en el portaequipajes y luego se puso a silbar algunas notas de la canción preferida de su madre.

—¿Cómo se llama? –preguntó Jacques, sintiendo que su coraza de frialdad se resquebrajaba.

—Bashkim.

—No, esa canción.

—¿La violetera? –respondió el violinista arrastrando la erre–. Odio. Odio pasodobles, La bien pagá, Piaf, Brassens, Falla, Debussy. Odio todos. ¿No ido nunca al bar?

—No.

—Suerte. Comida tan mala como música. –Bashkim se

rascó con sus enormes manos el lóbulo derecho y luego preguntó–: ¿Sabe significación de "cauterizar"?

Jacques lo observó sin comprender.

—"Neta y castiza / que si entorna los ojos / te cauteriza" –recitó Bashkim–. Eso dice canción *Violetera*. No entiendo.

—En francés se dice "cautériser".

—¿Cuál es significación?

—No sé –reconoció Jacques.

Casi habría preferido que sus temores se hubieran cumplido, reconocerás. La verdadera identidad del gigante amenazaba con enredarlo de nuevo en el absurdo y alejarlo de la claridad de la venganza. A pesar de ello, no pudo reprimir una curiosidad que nunca antes había sentido dentro del compartimento.

—Usted no es francés...

—Ni español –confirmó Bashkim con un deje de cansancio, como si hubiera preferido que no existiera esa pregunta–. Albanés, pero nunca tenido nacionalidad albanesa. Pasaporte antes decía yo yugoslavo: país no existe ahora. Espero dirá pronto yo kosovar: país no existe todavía. Complicado. He vivido Eslovenia, Suiza, Alemania, Francia. Ahora aquí. Algo pagan. Propinas. Tengo casa. No tan mal.

El tren arrancó y empezó la letanía de los arrabales. Durante un largo rato permanecieron callados. Jacques se dijo que nunca antes en sus decenas de viajes había visto una mirada como la de Baskhim. Sus ojos grises se perdían tras la ventanilla sin anticipación ni curiosidad, como si estuviera asomado a los barrotes de una prisión. Jacques se preguntó si su propia mirada se parecería a esa.

—Es largo –suspiró de pronto el albanés.

—Antes lo era más –dijo Jacques–. Tomaba casi veinticuatro horas alcanzar la frontera. A continuación estaba preciso cambiar de tren. Se debía pasar la aduana.

Algo le impulsaba a seguir. ¿Por qué no? Sabía que iba a ser su último viaje. Nadie mejor que el único habitante permanente del tren para escuchar esa historia, se dijo. Fue así como, ante un desconocido cuyo país ni siquiera habría sabido situar en el mapa, Jacques confesó lo que, durante más de treinta años, no había logrado contar ni a María José ni a ninguna otra de las fugaces presencias que se habían acercado al corazón de su secreto.

—La primera vez que hice el viaje todavía no era nacido –empezó Jacques con trabajo, desenterrando cada palabra–. Veintitrés de diciembre de 1959. Casi hace cincuenta años. Mi madre entonces era embarazada de mí. Muchos españoles emigraban a esa época a países del norte de Europa. La vida era bien dura bajo Franco. No había trabajo…

—Conozco bien –afirmó Bashkim, con un tono que daba a entender que esa historia no era sólo la de sus padres, sino también la suya, la de Bashkim, la de millones de desconocidos entonces, ahora, siempre. Su mirada indiferente le irritaba, le retaba a demostrar que su relato no era exactamente como los demás, pero también le ayudaba a seguir con la idea de una camaradería universal de pobres diablos.

—Mi padre hacía parte del partido comunista. Trabajaba en una usina en Madrid y después en secreto luchaba contra la dictadura. A veces hacían reuniones clandestinas en casa. Acogía militantes que venían del extranjero. Escondía panfletos políticos debajo la cama. Eso me ha contado mi madre.

Mentira, admitirás. Su madre nunca le había contado nada acerca de eso. No le gustaban los detalles. Había sepultado a su padre bajo un silencio mucho más profundo que unas cuantas paladas de tierra. Quienes se van no vuelven, le respondió tajante una vez que se atrevió a preguntar. Durante mucho tiempo Jacques había respetado ese silencio, en el cual veía una forma casi sagrada de dolor. Hasta su encuentro con el antiguo militante comunista durante su primera y única visita a un burdel de Pigalle.

—Yo a ti te conozco –le había dicho una sombra desde un sofá de falso terciopelo raído–. El crío de la Sole, la gachí del camarada García...

Camarada Sánchez, Pérez, García: los comunistas solían usar los seudónimos más vulgares en su lucha clandestina. Aquel viejo estalinista putero había coincidido en varias ocasiones con su padre. Fue él quien le puso al tanto del miedo constante a ser delatado, de los calabozos de la Puerta del Sol en los que dirigía las torturas el terrible comisario Conesa, de las reuniones de madrugada en pisos mal iluminados donde hasta el silencio parecía cómplice de la dictadura.

—En 1959 los comunistas organizaron una huelga nacional pacífica –le explicó Jacques a Bashkim–. Algunos meses después la célula de mi padre cayó. Alguien lo había denunciado. Mi padre tuvo que esconderse. Era acusado de haber matado un guardia civil diez años antes. Era falso. Mi padre jamás mató nadie. Franco utilizaba cargos falsos para perseguir sus enemigos. Frente a una tal situación, mi madre demandó ayuda a un antiguo amigo de mi padre. Hacía mucho que ella quería irse de la España. Este amigo habitaba a París, conocía a mucha gente, tenía contactos. Fue él que ha conseguido un pasaporte falso a mi padre. Mi padre ha tomado el tren para la Francia, bajo otra identidad. En el mismo tren, bien que en otro vagón, iba también mi madre embarazada. Debían hacer semblante que no se conocían. Sólo una vez en la Francia podrían reunirse.

Eso sí se lo contó su madre. Después de haber hablado con el militante comunista, Jacques le exigió saber. Al principio ella se resistió, pero Jacques le agarró el brazo con fuerza, la zarandeó, le puso la mano extendida contra la cara, como si quisiera arrancarle una máscara. Nunca antes había hecho algo así; era como si sólo después de haber perdido la virginidad en un burdel pudiera tocar el cuerpo que le había traído al mundo.

—*T'es fou!* —le dijo ella, asustada, en su imposible francés—. Está bien. Voy a explicarte una vez lo que pasó. Una sola. Hacerlo me cuesta *horreurs*. Con que más vale que prestes atención, *compris?*

Fue rápido, quizás para ahorrarse el tormento de cada palabra. No le describió la angustia del viaje, la incertidumbre de no saber lo que ocurría en el compartimento donde viajaba su marido. Tampoco le confesó que durante ese viaje sintió por primera vez los movimientos de Jacques en su vientre. Por no hablarle, ni siquiera le habló del frío al bajarse en Hendaya en plena noche y formar la larga fila ante el control de pasaportes.

—Hacía un frío terrible —le explicó Jacques a Bashkim—. Mi madre vio a mi padre unos veinte metros más adelante. No debían hablarse. No debían mostrar que se conocían. A pesar todo mi padre se volvió hacia atrás y le sonrió. Estaban a solamente unos metros de la libertad, de una nueva vida. Mi madre tuvo deseos de ir a los aseos. Allí también había mucha gente que esperaba. Fue ausente algunos veinte minutos. Al volver a la fila de los pasaportes, mi padre ya no estaba, desapareció –de pronto Jacques dudó. Había utilizado el perfecto simple, el pasado del pasado. ¿No debería haber utilizado el compuesto, el pasado del presente?–. Mi madre ha pensado que ya habría cruzado la frontera. Mas al otro lado, tampoco lo ha visto. Ha preguntado a la gente, pero nadie recordaba nada de raro. Una mujer decía que lo había visto ir en dirección de los aseos. Un otro que lo había visto pasar el control de pasaportes. Eso fue todo. Nunca ha vuelto a verlo. Nunca ha sabido nada más de él.

—¿Qué son aseos? –preguntó Baskhim.

Baños, servicios, cagaderos, explicó Jacques. Pensó en el fresco de Goya y se preguntó si, además del cuerpo del asesinado, San Antonio había logrado resucitar las palabras capaces de decir el crimen. Después de haber pasado décadas bajo tierra, las frases surgían pálidas, herrumbrosas. Bashkim lo miraba con una mueca irónica, como si no creyese nada de lo que le estaba contando. ¿Cómo era posible que decenas de pasajeros hubieran aceptado sin pestañear sus mentiras y ahora ese albanés se burlase de la verdad? Jacques habría dado cualquier cosa por imitar la convicción con que su madre, ya en español, había cubierto de insultos a su padre desaparecido: gallina, meapilas, pichafloja y, sobre todo, esa expresión oscura y terrible: don nadie.

—Ella estaba persuadida de que mi padre nos había abandonado como a un par de viejos calcetines. Para un emigrante es mucho más fácil ganarse la vida solo que tener que mantener a una familia, decía. Pero ahora yo sé que no fue así. Fue su amigo en París quien lo ha denunciado. Eusebio. Eusebio Urías. A él le gustaba mi madre y ha vendido a mi padre para quedársela. Así ganaba además el apoyo del régimen. Lo necesitaba para comerciar con productos a través la frontera. Enseguida se ha hecho rico. La traición paga.

No añadió que cincuenta años después esa traición volvía a repetirse. No explicó cómo lo había comprendido gracias a una obra del pintor que daba nombre al tren en el cual ambos viajaban. Bashkim se levantó y anunció que tenía que trabajar.

—Vida muchas vueltas –dijo–. En Albania eran comunistas que denunciaban y fusilaban. Padre mío años en campo de reeducación. Tío mío denunciado por mujer suya y muerto allí. Intelectuales. Acusados simpatías burguesas. Familia entera tuvo que huir a Yugoslavia... –Se levantó y cogió la funda con el violín del portaequipajes–. Historia larga. Historia siempre larga. Debo ir.

Jacques se encontró solo en el compartimento. La garganta y la lengua le temblaban, como si se hubieran quedado desnudas. Siempre pensó que sería incapaz de contar a alguien el secreto y que, si acaso llegaba a hacerlo, su contacto con el exterior provocaría algo parecido a una explosión. Iluso. Nada había cambiado. El tren seguía avanzando hacia el centro de la noche. Del vagón-bar llegaban las primeras notas de *La vie en rose* en versión para violín. Como de costumbre los empleados de RENFE entraron en el compartimento y bajaron las literas. España, Albania. En todas partes la misma historia: sólo cambiaban los intérpretes. El traqueteo era el tartamudeo de un idiota repitiendo la palabra "horror".

Jacques acarició la superficie de la maleta que sostenía en sus rodillas.

—¿Qué hiciste con ella, infeliz? –preguntarán ellos.

Jacques sabía que lo que se escondía ahí dentro valía su

vida. Ahora que estaba dispuesto a sacrificarla para cumplir su venganza, tenía derecho a conocer su precio. Decidió abrir la Samsonite. Forzó el candado con sus manos; trató de introducir en la cerradura la llave de su piso en París. Lo golpeó contra el brazo del asiento. Metió el cepillo de dientes que regalaba RENFE entre las dos carcasas a modo de palanca. El cepilló se rompió; el candado y la maleta eran sólidos. Furioso, Jacques la arrojó contra la litera de enfrente. Un ruido sordo, ciego, mudo.

Se tendió en la penumbra, insomne. En torno suyo, liberadas por su confesión, vagaban imágenes en pena. La multitud de emigrantes ante el puesto fronterizo, aplastados por los desmedidos equipajes de los pobres. El vientre hinchado de su madre. La sonrisa sin cara de su padre. El dolor del cuerpo contusionado florecía en la oscuridad, se confundía con el monólogo lastimero del tren y atravesaba la noche a la velocidad de la luz. En el delirio de la duermevela los personajes de San Antonio de la Florida empezaron a moverse y a hablar. ¿Sabés lo que es. Neta y castiza. Una corbata. Perdóname. Largo de aquí. Gabacho impotente. Colombiana? Escuchaba la voz áspera de la celestina, los gritos agudos de los niños, la música de un organillo. Que si entorna los ojos, te cauteriza... Historia larga, historia siempre. De tal palo. Ve a San Antonio. Gallina, meapilas, picha. Comprenderás. Tío mío denunciado por mujer.... te cauteriza. El asesino huía entre los cuerpos, los gritos, las canciones. No era difícil seguirle la pista, con su jubón ocre y su gran sombrero negro. De pronto se paraba. Se volvía. Descubría un rostro partido en dos.

Jacques abrió los ojos. Monstruosa, la sospecha seguía allí. Unas luces espaciadas entrecortaban la penumbra.

¿Cuánto tiempo había pasado? Bashkim acababa de entrar en el compartimento. Apestaba a alcohol. Se tumbó en la litera de abajo y empezó a murmurar una retahíla de frases en su idioma. Silbidos, siseos, cascabeleos, vibraciones, roces. La lengua materna, un nido de serpientes. Enseguida las palabras fueron sustituidas por ronquidos. Jacques se levantó de la litera. Tenía la vejiga llena, necesitaba escapar de la oscuridad, dejar de pensar. Avanzó por el pasillo, bamboleándose con los zarandeos del tren igual que un borracho perdido. Su reflejo en el espejo de los servicios le agredió. La piel blancuzca, las ojeras, la huella rojiza de la almohada contra sus mejillas fláccidas: el rostro de un antepasado, abortado, a medio morir.

En cuanto se abrió la cremallera, el tren disminuyó la velocidad. *Nous rappelons aux aimables voyageurs qu'il est strictement interdit de se servir des toilettes pendant les arrêts en gare.* Recordamos a los amables viajeros que está estrictamente prohibido utilizar el wc durante las paradas del tren. Jacques nunca había entendido esa prohibición. Se resistía a creer que todo fuera a parar directamente a las vías. *Chemins de fer*, caminos de hierro, las llamaban los franceses. ¿Serían también caminos de mierda y pis?

No hizo caso. Desahogó la vejiga durante casi un minuto, hasta que el tren se paró del todo. Por lo menos dejaría una huella en Hendaya, pensó. Esta vez no olvidó lavarse las manos al terminar. Abrió la puerta de los servicios y enfiló el pasillo. Entonces vio a los agentes avanzando desde el otro extremo del vagón hacia su compartimento. Llevaban uniformes azules, o eso le pareció. Fue uno de esos instantes que el recuerdo dilata engañosamente. Sería fácil decir que en esos momentos, mientras su cuerpo permanecía electrizado por la sorpresa, toda su vida desfiló ante él hasta converger en una decisiva encrucijada. En realidad, no hubo dilema. No hubo reflexión. Esos gestos estaban decididos desde siempre: dar media vuelta, bajar las escalerillas del tren a toda prisa, perderse jadeante en la noche de la frontera.

XVI

ON UN ÚLTIMO ESTALLIDO DE CARCAJADAS LOS camioneros se levantan, pagan, se van. Los hombres en la barra te clavan con más fuerza sus ojos. De un momento a otro van a acercarse, a sentarse en tu mesa y decirte que buscan la maleta y necesitan que les digas rápido la verdad, toda la y nada más que la. Y tú ahora ya la tienes lista, tu verdad, empezarás por ejemplo un veinte de septiembre en la Gare d'Austerlitz, o quizás directamente antes, en el funeral, todo va a depender de su paciencia, lo importante es atraparlos en el relato, que olviden el reloj, que no dejen de escucharte y que te crean, sí, sobre todo eso, que te crean.

Las corbatas blancas brillan, absorben toda la luz de los fluorescentes. Recuerdas que no han venido a escuchar, sino a castigarte por haber hablado más de la cuenta.

—Ya no volverás a irte de la lengua –te susurrarán al oído antes de hundirte la navaja en la garganta.

Nadie se va de la lengua, les jurarás, nadie escapa de ella nunca. Jacques corre por el andén vacío, atraviesa los rieles envueltos en la niebla, alejándose de la estación y de la visión de los policías en el tren. Las palabras lo atrapan en su huida. Adónde. Cobarde. Vas. Fin. Fracaso. Suena el silbato del jefe de estación y Jacques gira la cabeza para observar cómo se alejan las luces del *Francisco de Goya* rumbo a París, al *Patria Querida*, al único desenlace legítimo de esa historia:

—Nada ha cambiado en San Antonio de la Florida —le habría dicho Jacques a Eusebio, sacando despacio la automática—. Muere tranquilo: tu traición te sobrevivirá.

La detonación, los gritos, la muerte ruidosa y justa del culpable: sólo entonces, con ese final de novela, habría sido posible sentirse satisfecho. ¿Culpable? Jacques recuerda al tío de Bashkim, denunciado por su propia esposa, la pesadilla de poco antes en el vagón con la cara doble del asesino, hombre, mujer. Entonces comprende: también su madre participó en la infamia. Fue ella quien se puso en contacto con Eusebio, su amante, y tramó junto a él la conjura. Nunca había querido de verdad al gallina pichafloja de su padre. No debió de ser difícil convencer a un hombre acorralado de que Eusebio era la única persona capaz de ayudarlo. No tuvo que hacer gran cosa, sólo hablar, urdir verbos, nombres, adjetivos, tal y como habían hecho decenas de generaciones antes que ella:

—No le des vueltas, no es hora de hacerse mala sangre. Eusebio ha olvidado vuestra pelea, quiere echarte una mano. Lo pasado pasado está…

El idioma no opuso resistencia. Se hizo cómplice. Se dejó manipular sin remordimientos. Engatusó, persuadió, fingió: fue el arma del crimen. Por eso su madre nunca quiso enseñárselo. Por eso temblaba cada vez que lo oía en el asilo de ancianos. La puerta roja no había sido suficiente para protegerlo del español. Jacques había caído en la trampa. Como su padre.

—Ya verás cómo allá nos van mejor las cosas. En Francia hay trabajo para dar y tomar. Piensa en el niño. Se merece un futuro mejor. Quien algo quiere, algo le cuesta.

Sí, la lengua materna ocultaba un secreto. Sólo que ese secreto era la traición, y entonces nada de lo que tú digas o pienses ahora en ese idioma, ni siquiera la propia infidelidad de la madre, es seguro. Todo, incluso la mentira, se vuelve dudoso, igual que el contenido de la falsa maleta rumbo a París, o de esa otra, presuntamente auténtica, en algún piso franco cubierto de sangre. Quién sabe. Puede que incluso fuera cierto que su padre se aprovechó de las circunstancias para huir de Jacques y de las servidumbres de la familia. Eso suponiendo que hubiera sabido que Jacques iba a existir, que su madre no hubiera disimulado el embarazo del mismo modo que tantas veces Jacques ocultó su cargamento al cruzar la frontera. Si ella lo engañaba desde hace tiempo entonces su padre... quizás... don nadie... podía ser... Saturno devorando a sus hijos... Eusebio.

Te agarras a la pistola en tu bolsillo, como a un último resto de solidez en esa orgía de sombras. No. Imposible. Jacques huye de esa idea, de toda la jauría del pasado. Se desliza entre locomotoras desahuciadas y vagones de mercancías varados. Le falta el aliento, el flato le atormenta. Siente a la policía en sus talones mientras busca una salida entre un bosque de letreros, paneles, neones, niebla, signos.

Transports et déménagements / Transportes y mudanzas. Boucherie la castañuela. La frescura au meilleur prix. Tuyaux, joints, raccords, fontanería. Garantizamos qualité. Embutidos Mariano. Résidéntiel La Frontera: Su sueño a deux kilomètres. Hostal La France. Desdoblamiento de vía. Supermarché El Sol. Fin de zona. Peligro de mort...

¿Ha cruzado ya la frontera? No sabría decirlo. Es la primera vez que el mundo habla su idioma. Comprende que ni más allá ni más acá hay un refugio para él, que su lugar no está ni en Francia, ni en España, ni en ningún otro país. Sin el peso de la Samsonite se siente ligero, translúcido, como un espectro. Las versiones posibles se mezclan en su imaginación tan rápido como las vías y los durmientes bajo sus pies. Confundió la verdad con el silencio. Creyó que su historia sería incuestionable porque aún no la había contado. Falso: como todas, era sólo palabras. También ellas le han abandonado.

Los dos hombres en la barra llaman al camarero, le murmuran algo al oído. El camarero asiente tembloroso y desaparece por una puerta junto a las hileras de botellas. Ahora estás a solas con ellos. El sicario gordo se levanta y avanza despacio hacia ti; al compás de su corpachón su corbata blanca se balancea como una horca. Tu mano en el bolsillo quita el seguro de la pistola y se cierra sobre la culata. El hombre pasa rápido junto a ti, sin ni siquiera mirarte, fingiendo que no eres más que un pobre loco borracho. Se mete en los servicios. Lo supones preparando cuidadosamente la navaja, comprobando el filo con la yema de su dedo índice. Así que esa es la estrategia: uno por delante, otro por detrás. La nuez te sube y te baja en la garganta, frenética. En cualquier momento vas a sentir un brazo poderoso alrededor del cuello y entonces será demasiado tarde: tendrás dos bocas para tus dos lenguas.

Te levantas de la silla, sacas la pistola, disparas al azar. Las botellas vuelan por los aires con un grito de añicos. El sicario alto salta del taburete y se refugia detrás de la barra. Ahora o nunca: es el momento de ganar la puerta y escapar.

Das dos pasos inseguros al frente y te inmovilizas. ¿Adónde ir? Sabes lo que te espera ahí fuera. Ningún paisaje te resulta tan familiar como ese mar de niebla. Medio siglo antes huyó por allí un inocente injustamente perseguido, acosado por la Guardia Civil, aterrado por la promesa de la prisión y la tortura. No te cuesta imaginar los ladridos de perros, los haces de linternas, los resoplidos de un hombre exhausto y humillado. Quizás también ese pobre prófugo distinguió través de la bruma el letrero luminoso de un bar de carretera. Quizás también él, al igual que Jacques, se negó a seguir escapando como una presa de caza y despacio, como quien carga con todo el peso de una maldición, decidió esperar su suerte en compañía de una última copa.

El peligro dilata cada instante. Intentas dar otro paso en dirección a la puerta, pero el suelo tiembla bajo tus pies. Los taburetes, las mesas, las botellas: los objetos se desdoblan, máscaras de sí mismos. El camarero tenía razón: has abusado del brandy. Aunque estuvieras perfectamente sobrio, no te serviría de nada. Recuerdas lo que has sabido desde el principio: es demasiado tarde para intentar la huida, has llegado al final del camino. Observas el cañón de la automática, tan cerca de tu sien. Piensas en María José. Respiras hondo. Deslizas un dedo hacia el gatillo.

Un estallido apaga y enciende el mundo. Apenas tienes tiempo de preguntarte si de verdad ha salido de tu pistola o de la de uno de los sicarios. Tus piernas se aflojan. Los fluorescentes parpadean. El espacio del bar, las imágenes de la televisión sin sonido, los cuerpos de las mujeres en tanga se alargan y contraen. Con ellos los minutos, los años.

Entonces ves a un hombre ante ti, en medio de la luz del amanecer. Sostiene algo en su mano derecha. Por un momento te recuerda al sicario alto, pero enseguida te das cuenta de que se parece mucho a ti. Ha acudido a la llamada. Te mira. Te reconoce. Esboza la misma sonrisa que hace cincuenta años en la frontera. Sus labios se entreabren: "Jacques...". Por primera aceptas ese nombre como tuyo. Vas a responder. Vas a empezar por fin este relato. Es a él a quien esperabas para contarle tu historia. Las palabras nacen en tus pulmones, ascienden por la garganta, agitan tu lengua. "Pa... pa..." Sólo logras tartamudear unas sílabas de bebé. Te tambaleas. Buscas estrechar a la sombra con un abrazo desesperado. Tú, él: os fundís en un torbellino que niega los idiomas y el tiempo. Ya no importa de qué lado caes. Esta es tu patria. Descansarás aquí. *Ici*. En Hendaya.

Esta obra se imprimió y encuadernó
en el mes de marzo de 2013,
en los talleres de Jaf Gràfiques S.L.,
que se localizan en la
calle Flassaders, 13-15, nave 9,
Polígono Industrial Santiga,
08130 Santa Perpetua de la Mogoda (España)